Homo homini lupus

ÉPILOBES ET REQUIEM

Faits divers en Forez

Daniel GUILLON

© 2024 DANIEL GUILLON
Édition : BoD • Books on Demand GmbH, In de Tarpen
42, 22848 Norderstedt (Allemagne)
Impression : Libri Plureos GmbH, Friedensallee 273,
22763 Hamburg (Allemagne)
ISBN : 978-2-3225-4042-6
Dépôt légal : août 2024

« Si je préfère les chats aux chiens, c'est parce qu'il n'y a pas de chats policiers »
Jean Cocteau

Avant-Propos

En terme de rendez-vous, voici que les Monts du Forez nous convient à une nouvelle balade.

Depuis leur point culminant de Pierre sur haute à 1634 mètres d'altitude, s'étagent les Monts du Forez, séparant Feurs à l'est avec le fleuve Loire de la vallée de la Dore à l'ouest, limités au nord par la Durolle et au sud par la Haute Loire.

Au plan géologique, l'activité volcanique intense du Massif Central, a laissé diverses traces dans le paysage forézien.

On recense 104 affleurements dans la plaine et les monts, avec des pics et des orgues basaltiques comme à Palogneux.

Au début du 20ème siècle, avec la création de nombreuses routes, les besoins en matière première augmentent.

Pour y répondre, certains pics sont exploités et des carrières sont ouvertes alimentant la production de revêtement routier.

Des tourbières sont venues combler des failles sur les sommets. On y trouve des plantes carnivores dont la droséra.

Sur le sol basaltique, on trouve une faune et une flore caractéristiques. Au plan floral on trouve notamment de nombreuses orchidées, mais aussi des narcisses et jonquilles sauvages.

Pour les animaux plus rares, parlons du crapaud sonneur à ventre jaune, de la musaraigne aquatique, du murin de Daubenton espèce de chauve-souris endémique ou encore du grand lézard ocellé, le plus grand lézard d'Europe qui peut atteindre plus de 60 cm de longueur dans les zones plus septentrionales.

Les hauts sommets dénudés des Monts marquent le passage du département du Puy de Dôme à celui de la Loire. Vus de la plaine du Forez, ces monts sont à l'ouest, côté soleil couchant : ils sont donc surnommés « *les montagnes du soir* ».

Il est une particularité dans les prononciations. Si l'auvergnat sur le flanc ouest va prononcer « *forèze* », le ligérien sur le flanc est dira « *foré* ».

Nous sommes dans une zone dont l'activité est essentiellement agricole.

Elle est presque exclusivement dédiée à l'élevage bovin et dans une moindre mesure aux ovins.

La production bovine est aussi bien destinée à la viande qu'au lait.

Le lait produit par le pâturage sur les Hautes Chaumes fournit les fromages AOC que sont la fourme d'Ambert et la fourme de Montbrison. Il existe quelques laiteries artisanales qui élèvent des fourmes fermières dans la région de sauvain.

On élève, dans la zone la plus proche de la vallée, une espèce locale de poules, la « *cou nu du Forez* ».

Sur la partie orientale, proche de la plaine du Forez, un petit vignoble de 200 hectares produit un A.O.C, les Côtes du Forez.

Elles bénéficient d'une bonne orientation et d'un sol basaltique lui donnant une saveur spécifique.

L'activité sylvicole est aussi très importante, avec l'exploitation de forêts de conifères. Nombreuses sont les scieries.

Venus des monts du Forez, comme par exemple de Sauvain, les scieurs de long partaient « *à la scie* » de la Saint-Michel à la Saint-Jean vers des climats plus méridionaux comme la montagne de Lure ou bien encore dans le centre de la France et principalement dans la Creuse et la Corrèze.

Des petites fabriques de meubles sont disséminées çà et là, plus encore dans la vallée de la Loire.

A la limite nord du Forez, près de Noirétable, on peut admirer le travail des grenadières, les brodeuses de fils d'or de Cervières. Elles sont installées dans le village médiéval dans leur atelier musée remarquable.

La région dispose d'un savoir-faire artisanal dans le traitement du fer.

La coutellerie est une activité ponctuelle comme la coutellerie artisanale à Sauvain, mais elle est importante dans la capitale du couteau, la ville de Thiers, tout autant que dans la vallée de la Durolle.

Et c'est à Saint Bonnet le Château qu'est installée la spécialité mondialement connue, la boule de pétanque « *Obut* ».

Le tourisme n'a pas de structures d'accueil importantes et est donc limité.

La station de ski de fond du Haut Forez au col de la Loge est fréquentée mais par des ligériens, auvergnats et lyonnais.

La station de ski alpin de Chalmazel, en moyenne montagne souffre maintenant du manque de neige et les structures d'accueil ont aujourd'hui disparues. La station est fréquentée de la même façon par des ligériens et des lyonnais.

Celle de Prabouré est également une station confidentielle en ski alpin, ski de fond, raquette et luge mais de plus en plus limitée par le manque de neige.

Des gites et chambres d'hôtes se développent partout et complètent le village vacances de Saint Jean la Vêtre au nord de la zone.

Ils sont fréquentés par les vacanciers du printemps et surtout d'été.

Ils ont à leur disposition des espaces de liberté importants, de nombreux chemins de randonnées, avec des zones à grandes concentration de champignons ou plus encore de myrtilles ou framboises sauvages…

Les adeptes de la pêche ont de nombreux parcours de truites à leur disposition.

Il existe de nombreuses piscicultures. Certaines offrent des étangs de pêche sur le flanc ouest comme à Vollore-Montagne dans la pisciculture de la Goutte avec ses deux plans d'eau alimentés par les ruisseaux qui offrent l'eau à tous leurs étangs d'élevage.

C'est dans la vallée que l'on a les sites de pêche à a carpe, principalement dans les étangs disséminés le long de la Loire. Nous y trouvons également un élevage de carpes. Destinées aux grandes tables de la région, les carpes sont aussi à la base d'un commerce de diversification : fabrique de rillettes de carpes, de soupe de carpes du Forez…

Et puisque l'on parle des grandes tables de la région, il nous faut mentionner que cette année, au guide Michelin, nous avons un restaurant 3 étoiles avec le Bois sans feuilles des Troisgros à Ouches ainsi que cinq autres ayant 1 étoile dans la Loire.

Quelques musées intéressants sont à découvrir : celui de Sauvain consacré à la fourme et aux traditions populaires, celui de la vigne à Boën sur Lignon, celui d'Usson en Forez et d'autres en périphérie comme Montbrison, Feurs, Saint Germain Laval ou le musée des civilisations à Saint Just Saint Rambert...

Un joyau est à découvrir dans la vallée à quelques kilomètres de Boën sur Lignon : le château de la Bâtie d'Urfé.

Des vestiges de châteaux forts subsistent ici ou là dans le Forez, comme les cornes d'Urfé à Champoly, Couzan à Sail sous Couzan...

Des villages fortifiés méritent une visite comme L'Hôpital sous Rochefort ou bien encore Cervières...

Au plan des axes de circulation, les Monts sont percés entre Loire et Puy de Dôme par essentiellement 8 cols. Du nord au sud, le Col de Cervières, le Col de la Loge, le Col du Béal, le Col des Supeyres, le Col du Baracuchet et les cols des Limites et de La Croix de l'Homme Mort sur la route d'Ambert.

Voici donc brossé en quelques lignes la région qui va vous accueillir pour cet horrible fait divers que je vais vous conter.

Il vous faudra voyager avec moi, depuis les combes et vallées jusqu'aux sommets, dans les chemins creux, dans les ruisseaux forts nombreux ici.

Certains ont par le passé été utilisés comme force motrice pour les moulins soit à huile soit à bois.

Vous pourrez faire une halte pour vous désaltérer avec une eau minérale locale, la Parot, avec une des nombreuses bières des brasseries du pays, ou encore déguster des spécialités comme le patia [1], la fourme, le sarrasson [2], le sac bardin [3], une salade barabans [4] et bien d'autres...

La nouveauté dans la plaine est celle d'un éleveur de carpes qui commercialise les rillettes de carpes et la soupe de poissons à base des pêches des étangs du Forez.

---

[1] Patia : plat de pommes de terre « noyées » dans la crème fraîche et ayant mijoté des heures

[2] Sarrasson : préparation fromagère tirée originellement du babeurre. Elle est légèrement acidulée et ressemble à un fromage blanc battu.

[3] Sac bardin : spécialité charcutière mélange de viande de porc, d'abats de porc (gorge, cœur, langue, panse...) et de vin des Côtes du Forez

[4] Barabans : pissenlits

Le temps des airelles

Saint Georges en Couzan, le 15 août 2011.

L'été darde ses rayons chauds sur le village. Saint Georges en Couzan est bien un peu endormi en cette journée mariale.

Dans le bourg, dans la dernière maison sur la route du Mazet, par contre il y a de l'effervescence.

C'est la maison de Jean Coupeau et de sa femme Aglaé. Jean est un des membres des équipes techniques de la mairie. Il est camionneur et on le voit souvent sur les chemins.

L'été ce sont les travaux d'entretien, l'automne, les préparations des bas-côtés et des fossés avant la mauvaise saison, l'hiver ce sont les vacations incessantes pour déneiger et répandre le gravier. Il y a les travaux d'élagages, les travaux de remise en état après les morsures et dégâts occasionnés par le gel de l'hiver.

Jean a rendez-vous avec ses collègues de la mairie pour une manifestation qui doit se tenir vers 11 h 30 dans la salle de la mairie.

Une partie de la population y sera présente. Jean s'en réjouit à l'avance.

Sa femme est à la cuisine et c'est le lieu agité en ce matin.

Aglaé y travaille avec Fanette, leur unique enfant, jeune donzelle qui fête ses 20 ans le 24 août prochain.

Elles ont décidé de faire des desserts aux myrtilles pour cet anniversaire.

Fanette est aidée de sa jeune voisine Amélie.

Les deux jeunes femmes ont passé leur mercredi et la soirée du jeudi à ramasser des myrtilles.

Amélie est employée à l'école maternelle comme Atsem. Elle habite la maison en face de celle des Coupeau.

Fanette est employée comme aide-soignante à la maison de retraite « Au gré du temps », à Sail sous Couzan. Elle a été de garde le week-end précédent et bénéficie de 3 jours de repos. Elle devra donc être sur le pont le 16 août, mais d'ici là le travail ne manque pas.

Et quand je dis que les femmes ont ramassé des myrtilles, soyons clair : la récolte fut bien belle. Cette année les fruits sont gros, très nombreux et bien sucrés. Ce sera un régal.

Le plan de travail est de nettoyer en premier lieu ces deux cageots de myrtilles. Puis une partie sera transformée en confiture une autre partie en gelée, le péché mignon du père, Jean, d'autres seront congelées pour le 14 octobre et les moments festifs du la suite de l'année.

Aglaé va ensuite travailler un coulis qui sera mis en conserve pour les fêtes, et elles vont être nombreuses cette année.

Et comme il reste encore pas mal de fruits, ne gâchons pas. Il y a de quoi faire une tarte et un pâté… Pour la soirée du 15 août, c'est idéal….

Pendant ce temps, Fanette va travailler deux pâtes.

Elle fera une spécialité locale, le pâté aux airelles. En fait son ami Gertrude qui tient la boulangerie « L'amie du Forez » à Chalmazel est une pro du pâté aux myrtilles. Alors Fanette n'a pas eu à chercher beaucoup pour avoir de bons conseils…

Et elle préparera une grande tarte. Avec un reste de son fond, elle travaillera des lanières qu'elle posera en croisillon sur les fruits.

Allez, maintenant au travail….

Fanette pense à Joan sur lequel elle compte bien pour cet après-midi aller à la fête.

Ils se sont rencontrés au bal country de Boën sur Lignon début mars dernier. Le garçon avec ses airs gentils et son sourire fondant, a été pour elle un coup de foudre, et d'ailleurs bien réciproque.

Le garçon, Jojo comme elle l'appelle de son petit nom d'amour, est employé à la « Biscuiterie de la plaine » à Boën sur Lignon.

Il n'est guère plus vieux qu'elle, et habite, dans la vallée de la Loire, à Marcoux, dans une maison qu'il retape.

Il s'agit de la maison de ses grands-parents paternels, les Desloges.

Les fiançailles devraient être arrêtées avec ses parents justement ce jour d'anniversaire. Les tourtereaux aimeraient que ce soit le 24 novembre prochain et que le mariage soit célébré l'an prochain après Pâques…

En attendant, il ne faut pas que l'esprit divague et au contraire, les tâches sont nombreuses. d'autant que si Fanette veut aller faire un tour avec ses parents à la fête des airelles à Sauvain cet après-midi, il ne faut pas tarder !

A Sauvain, la restauratrice Sonia Arraya prépare le rapide repas de midi avant que les convives ne se rendent à la fête sur le champ communal.

Elle a prévu du simple, du local et du meilleur ! Salade de barabans, patia et sac bardin, fourme et comme dessert, une surprise : une omelette aux myrtilles !

A Chalmazel, à la boulangerie, Gertrude Moureau, est levée avec son mari depuis longtemps. Il en faut des pâtés et tartes pour alimenter la population habituellement cliente de la boutique, mais encore plus pour le stand qui ouvre à midi sur le site des festivités. On y trouvera des sandwiches, des pâtisseries toutes à base de myrtilles : tartelettes et pâtés…

A Sauvain, le prêtre de la paroisse est aux anges. Il va vivre comme chaque année un grand moment en célébrant la messe des airelles, en extérieur.

Et dans le village, il est un lieu qui chauffe depuis ce matin. J'y suis allé boire un café pour me tremper dans l'ambiance en arrivant.

Là encore on prépare des sandwiches, et pas n'importe lesquels, ceux de Micheline Lepont, la patronne.

Ils sont connus dans toute la région. Une belle partie de flûte, du pâté de campagne local, des ronds de tomates, des cornichons, un zeste de mayonnaise pour attendrir la mie… Là encore ils seront servis sur le site de la fête avec quelques verres de vin ou des bières.

Dans la salle, deux hommes sont attablés devant un verre de rouge. Les deux ballons sont bien avancés. Quand je salue en entrant, je suis reçu par un joyeux :

« *Salut m'sieur l'écriveur !* ».

C'est l'instituteur retraité qui m'accueille en premier. Il faut dire que je suis déjà venu plusieurs fois le voir pour que l'on échange sur les histoires et anecdotes locales.

A la suite de cela j'ai écrit deux bouquins qui se vendent bien ici.

Et cela alimente mon travail de journaliste au Progrès, chargé en priorité des faits divers dans la Loire.

« *Bonjour m'sieur La Craie. Comment allez-vous bien ce matin pour un maître d'école retraité ?* »

Et j'ajoute :

« *Bonjour messieurs* ».

Le patron Jean répond en même temps que l'autre homme attablé.

Je ne connais pas ce dernier.

La Craie fait les présentations :

« *J'vous présente Le Trou, mon copain, ancien fossoyeur d'ici* ».

Pendant ce temps, le curé de la paroisse est tout à l'émotion de sa prochaine messe.

Avant de monter à la fête, et de finir de se préparer, il fait un saut au Bistrot Sauvagnard, au moment où je commande mon café. En robe noire, barrette sur la tête, c'est un sacré gaillard dont on ne voit que le sourire dans le visage.

« *Bonjour la compagnie ! Mon simba chef s'il vous plait* ».

Et aujourd'hui, il est doublement content : il fait beau. Le soleil est là et le temps est calme.

Et c'est à ce moment qu'il prend conscience de la présence d'un inconnu. Il s'adresse à moi et avec un large sourire :

« *Je suis le père Anselme, curé de Sauvain. Je viens boire une bière qui ressemble à la boisson traditionnelle de mon pays* ».

Une rapide lampée et il continue.

« *Je suis né au Bouenza, province du Congo. Je suis venu au séminaire à Lyon et j'ai trouvé qu'un noir au pays de la neige, cela ferait une belle carte postale. Comme disait mon copain wolof, le temps n'est pas du savon, mais il blanchit. Cela fait 18 ans que je suis le curé de la paroisse. Allez santé !* ».

D'un trait il vide son godet et d'un léger coup de barrette soulevée, il salue et sort…

Drôle de phénomène pensais-je…

La température est douce.

Elle m'accompagne quand je monte sur les lieux des festivités.

Elle me surprend quand j'arrive sur place. Venu de la plaine, je m'étais harnaché comme pour affronter le blizzard... Il n'en est rien. Je peux laisser dans la voiture bonnet et écharpe de laine...

Au milieu du site, un dais a été dressé et des tréteaux supportent un plateau : ce sera l'autel.

La boulangère du pays, la mère Riboul et la fille Martin du hameau de Boibieux font les dernières présentations.

Un drap blanc. Un crucifix. Un vase avec des fleurs des montagnes, une boite sur un trépied. Ainsi est créé le tabernacle.

Elles vérifient que tout est bien là-dedans.

D'autant que le père Anselme leur a demandé quelque chose de totalement inhabituel. Il fallait y déposer sans secouer deux ½ verres d'eau avec de la boue au fond.

La tâche terminée, elles se reculent pour se rendre compte du bel effet de leur travail. Elles ont juste le temps de le faire que déjà des chants montent depuis la route d'accès à la prairie.

A l'heure fixée, le curé et ses enfants de chœur, en rang derrière le crucifix, entrent sur les lieux de l'office. Ils sont suivis de quelques fidèles venus les accompagner depuis la sacristie.

Je ne suis jamais venu à cette manifestation, et je suis étonné de voir toute une série de femmes et d'enfants se mettre en rang devant le prêtre.

Ils ont tous posé à leurs pieds un panier en osier, des paniers qui tous regorgent de jolis fruits bleus, oui de belles cueillettes de myrtilles.

Et le curé entame son latin avec accent du Bouenza tout en maniant le goupillon, bénissant ainsi les paniers.

« *Ta corbeille et ta huche seront bénies.... Ta corbeille et ta huche... »*.

Et chaque propriétaire se signe au moment de sa bénédiction. Mon voisin La Craie anti clérical notoire, ne manque pas une pique :

« *Et ils vont croire que c'est leur bon Dieu qui leur a fait faire cette cueillette... Grand bien leur fasse »*.

Après la bénédiction, chacun trouve un espace pour mettre ces fruits dans des petites barquettes plastiques.

Elles seront vendues dans l'après-midi, quand les spectateurs reprendront le chemin de leurs pénates, emportant le symbole de la fête qui fera un beau dessert le soir même… accompagné d'une bonne crème fraîche…

Puis c'est la messe. Tout le monde attend avec impatience le ite missa est qui lancera la partie solide de la fête : ripailles, et dégustations…

Mais avant il en est dans l'assistance qui attendent le sermon.

Après que le père Anselme ait bien ouvert son propos, il prend un moment de silence en regardant ses ouailles.

Puis il ouvre le tabernacle et en sort un verre.

« *Mes biens sœurs, mes bien chers frères. Voici un verre composé d'une moitié d'eau au fond de laquelle de la boue s'est déposée. C'est une image pour vous dire que ce verre est comme le pharisien »*.

« *La boue c'est le péché, l'eau au-dessus c'est la vie humaine, manifestement un peu trouble sur un fond de vase »*.

« *La moitié supérieure est faite de quoi ? De vide répond-on en général »*.

Un moment de pause et il reprend.

« *Non, non, pas de vide. La science nous enseigne qu'il s'agit d'air et la foi nous dit d'air et de souffle* ».

Je le vois sortir un second verre du tabernacle.

« *Cet autre verre est en tous points semblables au premier. De la boue au fond, de l'eau trouble au-dessus, de l'eau ensuite et de l'air enfin* ».

« *Et pourtant tout change. Moi j'y vois la boue de ma vie, je demande miséricorde à Dieu, alors que le pharisien n'a rien vu* ».

Il pose sur l'autel les deux verres côte à côte. Oui deux verres semblables avec leur fond boueux et leur eau trouble, égaux sur l'autel.

« *Mes chères sœurs, mes chers frères, l'image parle d'elle-même. Nous sommes chacun de nous un peu comme chacun de ces verres. Devant Dieu nous sommes boue, vie et esprit. Dieu voit tout. Il suffit d'être vrai devant lui et regarder lucidement ce qu'il y a en nous. Et surtout il n'y a pas lieu de juger ce qu'il y a dans les autres, car c'est leur affaire* ».

Cette partie du sermon sortant de l'ordinaire marque les esprits. Le prêtre continue son office. La ferveur du public semble s'être renforcée.

Est-ce le sermon ou est-ce la proximité des ripailles ?

Et quand la messe touche à sa fin, il surprend tout son monde en s'exclamant :

« *S'il fait beau à l'Assomption, beaucoup de vin et du bon ! Ite missa est !* ».

« *Deo gratias* ».

Ce sera encore plus dur après cette invitation que d'attendre son tour aux stands de dégustation.

Fanette est arrivée pour la fin du sermon, main dans la main avec Jojo. La famille Coupeau est là aussi et salue les connaissances.

Les jeunes du même âge que Fanette et son copain sont regroupés dans un coin, tout à la dégustation des productions de Jean et Micheline.

Jojo en salue un qui habite à Saint Georges et à qui la jeune fille fait une bise sonore sur chaque joue. Les autres jeunes, garçons et filles, viennent essentiellement des trois bourgs de St Georges, Sauvain et Chalmazel.

Bises.

Poignées de main.

Jojo et Fanette s'en éloignent et tout à leur plaisir d'être ensemble, ils font le tour des stands.

L'après-midi est ensuite entamé de manière calme.

Des bancs et des tables sur tréteaux ont été installées par la municipalité. Les Coupeau se regroupent et c'est le repas.

Apéritif avec pastis pour les uns et jus de fruits pour Aglaé et sa fille, puis on déguste le repas froid préparé par Sonia.

On pousse le tout d'une lampée de Côtes du Forez…

Tout va bien.

On peut maintenant se laisser aller à déguster toutes les petites choses sucrées présentées sur place…

Les décibels augmentent puis on reboit et on remange…

« *Comme dit Le Trou, faut pas en promettre, faut en donner de Diou !* ».

Et quand vient le moment de se quitter, La Craie me demande :

« *Alors Mossieur l'écriveur ? Vous en pensez quoi de not'fête des airelles ? Vous avez-vu que les gens d'ici savent bien se distraire, largement autant que les gens de la ville ! Çà vous donne pas envie d'écrire un livre tout ça ?* ».

« *Pourquoi pas mon cher. J'ai passé un excellent moment. Et pourquoi pas bientôt un best-seller sur Dieu et les airelles !!! »*.

Le père Anselme vient à nous.

Il a dans les mains les dernières miettes d'une tartelette et en nous regardant, dans un grand sourire, il les jette dans sa bouche puis après avoir croqué il finit son geste par :

« *Un grain de riz a toujours tort devant une poule, et une petite miette de gâteau de même devant un africain gourmand !!!! Ha ha ha !! »*.

Le temps de la nouveauté

Saint Georges en Couzan, le 15 août 2011.

Et si cette famille est toute à ses préparations et à son calendrier de réjouissance, du côté de la mairie du village, il y aussi bien du mouvement.

Et cette animation n'est pas due qu'à la sortie de la messe mais à une manifestation coorganisée entre le maire et la brigade de gendarmerie du village.

Une page de l'histoire de Saint Georges en Couzan se tourne en ce 15 août. L'adjudant-chef Bony, commandant la brigade, tire sa révérence après tant de belles années à servir le pays et les habitants dont 12 ans passés ici.

L'heure de la retraite a sonné.

Si le rendez-vous est à la salle de la mairie, le chef ou du moins ex-chef, et madame sont arrivés en milieu de matinée.

Deux gendarmes ne sont pas présents. Cizoux et Balin sont de surveillance à Sauvain à la fête.

Le couple Bony est venu depuis son lieu de retraite.

En fin juillet, ils ont déménagé du côté des Estables, dans le pays du Mézenc en Haute Loire, village de naissance de madame Bony.

Ils se sont installés dans la maison du village ayant appartenue aux parents et héritée il y a déjà quelques années par Arlette la femme du chef.

L'air pur du pays du Mézenc et le charme de la Haute Loire n'auront pas fini de les ravir.

C'est un moment tranquille à la brigade, et comme si le pays avait conscience qu'il fallait un moment de pause, tout est calme.

Pas de dossier chaud en instance, pas de problèmes à régler immédiatement, pas d'accident nécessitant le recours à la force publique pour les constations ou la gestion du trafic.

C'est un moment où madame Bony peut papoter tranquillement avec les dames des messieurs mariés de la brigade.

Lolita quant à elle parle avec le retraité. Lolita, Tout le monde appelle ainsi la gendarme Edwige Charbonnier tant elle est fan de la chanteuse Alizée si bien qu'elle fredonne à tout moment la chanson phare de la miss de music-hall.

L'ex-chef est tout à son émotion. Il hume une dernière fois ces bureaux qui ont vu défiler tant de malfaisants ou de plaignants et où il eut bien des fois à accompagner la douleur de certains...

Et il a été accueilli par le nouveau chef de brigade, le lieutenant Jean Pascal Barnot. Il arrive de la brigade de Machecoul, de Loire Atlantique, de Bretagne diront d'autres peu à cheval sur la géographie administrative de la France.

Il est encore célibataire, mais vu qu'il est sacrément bel homme aux yeux bleus, avec l'uniforme en plus, il ne devrait pas rester seul bien longtemps...

Alphonse Bony ne peut s'empêcher de donner un conseil à son successeur...

« *Mon lieutenant, vous savez qu'ici vous avez de bien bonnes gens. Bon, on a les poivrots habituels, mais en général des gens droits et travailleurs. Vous n'aurez pas de souci avec eux* ».

« *J'ai été fort bien accueilli, tant par le maire et ses élus, que par la population. Je suis sûr que l'on fera du bon travail. Mon cher laissez-moi quelques minutes, je dois aller à la salle de la mairie pour régler les derniers détails. A tout à l'heure* ».

L'ex-chef se remémore les dossiers et partage une dernière fois ses souvenirs avec le juteux son ancien adjoint.

« *Et l'histoire du disparu de Chorsin, hein, elle nous en a fait voir de toutes les couleurs n'est-ce pas ?* ».

« *Moi ce qui m'a le plus marqué ces dernières années, c'est le meurtre de Sauvain, vous vous souvenez de celui de la couturière* » repense l'adjudant Antoine Chevalier.

« *C'est vrai que l'histoire était étonnante* ».

« *Oui surtout le motif du meurtre ! Incroyable et on n'est pas prêt à revoir une telle chose !* ».

Ils sont rejoints par Lolita :

« *Alors chef, qu'est-ce que vous faite de vos journées de retraité ? Vous n'avez pas eu de formation pour cela alors comment vous vous débrouillez ?* ».

« *Je me suis baladé, histoire de me mettre dans ma nouvelle peau ! Et puis j'ai un bout de jardin à entretenir. D'autant que ma femme est une folle des fleurs alors je peux vous dire que je vais en avoir des massifs à retourner, des pieds à arroser, des tailles à faire !* ».

Puis revoilà le lieutenant qui convie tout le monde à la salle de la mairie.

Vient le moment officiel de la cérémonie.

Le lieutenant prend la parole. On sent qu'il est intimidé devant cet aréopage.

« *Adjudant-chef, madame Bony, monsieur le maire, monsieur le curé Eymard, madame et messieurs les gendarmes de cette brigade, mesdames et messieurs* ».

« *Voici donc une page qui se tourne. Comme on dit souvent, la retraite peut paraître difficile car on n'est pas totalement préparé, mais je suis certain Chef Bony que pour* vous ce seront de bons et longs moments agréables avec Madame votre épouse ».

« Vous avez fait une carrière exemplaire ».

« Avant les nombreuses années au service de la population de Saint Georges, vous avez servi dans la brigade de Lentilly, et celle de Pradelles juste après l'école de Montluçon ».

« Partout vous avez fait preuve de tact, de fermeté, d'intelligence, et l'on a souvent noté votre capacité à résoudre les énigmes qui vous étaient posées. Vous avez mérité vos citations et décorations. Soyez une fois encore félicité ! ».

On voit le chef un peu gêné aux entournures, se balançant doucement d'un pied sur l'autre, heureux et tout autant confus d'autant de compliments.

« Permettez que je vous fasse un aveu. Je suis un peu ému car c'est la première fois que je tiens un propos pour quelqu'un que j'ai l'impression de chasser... ».

« Je ne veux pas allonger mon propos car on dit que ventre affamé n'a pas d'oreille ».

« Bonne et longue retraite chef Bony et prenez soin de vous ! ».

Applaudissements nourris.

C'est le premier discours du nouveau chef de brigade.

Sa sobriété et son ton sont appréciés des présents. Il reste toutefois un peu guindé. Il faudra qu'il apprenne à se détendre et à blaguer... Car l'humour c'est bon à la fois pour la santé et pour l'uniforme.

Le maire s'avance.

C'est à présent à lui :

« Mon cher Adolphe, chère Arlette, je souhaite vous dire en mon nom et au nom de toute la population, combien nous avons apprécié votre présence parmi nous ».

« *Oui mesdames et messieurs, ce fut toujours elle qui se proposait en premier pour rendre service, et quant au chef il était toujours là quand le devoir le demandait, et tous deux affichaient un bonheur que je souhaite à chacun de nous* ».

« *En tant que maire du village, j'ai apprécié la main de fer dans un gant de velours qui a fait que tous les incidents, tous les accrocs de la vie de tous les jours se sont trouvés atténués et pour leur grand nombre résolus par votre action* ».

« *Vous avez tissé avec chacun de nous des liens que j'oserais presque de qualifier d'amitié. Pour ce qui me concerne je retiens également le partenaire de bridge que vous êtes… * ».

« *Même si je me suis toujours demandé comment vous trichiez !* ».

Rires !

« *Veuillez cher ami, avec mes félicitations et mes souhaits de bonne retraite, accepter de la part du conseil municipal, la médaille de Saint Georges* ».

Il sort un écrin de sa poche et l'offre au retraité bien ému et qui se laisse porter l'accolade…

Ah mais ce n'est pas tous les jours que le chef est ainsi sous les feux de l'actualité.

Il a des yeux légèrement embrumés ce qui n'échappe pas à l'œil attentif de son épouse.

Le chef sort un papier de sa poche et répond à tous ces compliments.

« *Mon lieutenant, monsieur le maire, monsieur le curé Eymard, mesdames et messieurs, chers amis. Vous êtes trop bons et je suis enseveli sous les compliments que je n'ose imaginer mérités* ».

« Si je vous disais que ma première rencontre avec l'uniforme ce fut quand j'étais jeune. En vacances quelques temps chez mes grands-parents maternels, j'étais parti seul aux champignons... ».

« Je me suis perdu. J'ai réussi en marchant longtemps à retrouver une route... Ne sachant quel sens prendre, je me suis assis sur la berme. C'est alors que l'estafette bleue de la brigade locale s'est arrêtée à ma hauteur ».

« Tout penaud j'ai avoué m'être perdu. On me ramena à la brigade ».

« L'adjudant présent me proposa d'appeler mes grands-parents ».

« Aussitôt je tendais les mains vers l'appareil. Quand grand-mère fut à l'autre bout, je lui demandais de venir me chercher ».

« T'es où ? ».

« Chez Jean ».

« Chez Jean qui ? ».

« Chez Gendarmerie ».

Une pause pour apaiser la rigolade.

« Ensuite ce fut l'école de Montluçon où ma première surprise sera faite par le juteux disant à notre compagnie : changez de chemise et appel dans 5 minutes ».

« L'un de nous dit alors : mais on n'a qu'une chemise dans le paquetage provisoire ».

« Alors échangez les chemises entre vous ».

« Là j'ai touché du doigt qu'il ne fallait pas discuter et surtout être imaginatif ! ».

Cette blague classique, tellement connue de tout militaire, attira bien des sourires, surtout pour les dames présentes n'imaginant pas un instant la chose possible.

« En fait, atteindre la retraite ce n'est pas que faire action de résistance, c'est également se ménager, faire en

sorte de ne pas se trouver dans des mauvais coups, savoir obéir aux ordres du chef même si on les trouve incongrus ».

« *Si, si, ne riez pas, le rôle du chef est aussi d'avoir des idées curieuses... N'est-ce pas Lolita ? ».*

« *Ici ce fut également pouvoir s'appuyer sur une équipe solide, perspicace, dévouée et agréable dans son contact. Soyez remerciés ».*

« *Monsieur le maire et cher ami, merci pour tes propos. Je dois te dire également que je te surveillais quand tu jouais aux cartes contre moi - mais n'est-ce pas le rôle d'un gendarme ? ».*

« *Merci à toi ma tendre épouse pour avoir tant et tant attendu ton homme en opération, d'avoir fait face à ses sautes d'humeur, lui qui fut un tantinet bougon, mais si peu ».*

On voit Arlette opiner du chef pour bien montrer que son mari fut effectivement bougon plus d'une fois !

« *Mesdames et messieurs, merci pour ces années passées à vos côtés à apprécier votre gentillesse, votre bonté et votre droiture ».*

« *À tous, merci infiniment ».*

Toute la brigade s'est cotisée pour lui acheter une canne à pêche dernier cri. La Mouche s'est proposé pour choisir en spécialiste qu'il est de la pêche tant au toc qu'à la mouche.

Lolita est chargée de remettre le cadeau au retraité qui à l'avance s'extasie. Bien entendu le format du paquet lui donne une petite idée du contenu.

Elle a droit à deux bises sonores, madame Bony reçoit celle du juteux et un joli bouquet de fleurs,

« *Longue vie à vous deux et bonne santé à tous* » dit le lieutenant en levant son verre.

« *Merci mon lieutenant* » répondent en chœur les présents.

C'est l'instant du verre de l'amitié.

Lolita ose alors lever son verre et entonne une chanson autre que celle du répertoire d'Alizée, mais bien du vieux Georges Brassens :

« Quand ils sont tout neufs
Qu'ils sortent de l'œuf
Du cocon
Tous les jeunes blancs-becs
Prennent les vieux mecs
Pour des cons
Mais pour le chef Bony
Que voici
C'est bien non ! »

Applaudissements.

C'est maintenant l'heure du casse-croute apéritif. C'est un en-cas rapide, car la majorité des présents allant ensuite à la fête des airelles, il est certain que là-haut il ne vont pas mourir d'inanition…

Alors entre une mini gorgée de vin, une rondelle de rosette, un cornichon, tout le monde est détendu et l'heure est à la blague…

D'un seul coup, les rigolades s'enchaînent.

Le juteux démarre.

« *Un jour que j'interrogeais un gars menteur comme un arracheur de dents… Excédé je lui demande s'il a déjà vu un détecteur de mensonges* ».

« *Oui me dit-il, mieux que cela, j'en ai épousé un ! »*.

Madame Bony interroge alors.

« *Parce que vous pensez que la femme du chef n'est pas comme cela ? Demandez à mon mari quand il était en tête à tête avec moi ? »*.

« *Ben vrai ma belle !* ».

La Mouche reprend la balle au bond.

« *Madame Bony, vous qui êtes une excellente cuisinière, pouvez-vous dire comment on appelle un alcootest en terme culinaire ?* ».

« *Euh non...* ».

« *Un soufflé aux amandes !* ».

Alors on se jette un mini gorgeon derrière les amygdales, on attaque le fromage.

Certains plus pressés que d'autres en sont à la tartelette...

Les décibels sont montés d'un cran. Tout va bien.

Le gendarme Pardon en glisse une :

« *Un jour que j'ai arrêté une voiture qui a brulé un stop au carrefour de la route de Chalmazel et celle de Sauvain, je demande : vous n'avez pas vu le stop* ».

« *Devant la réponse je fus un peu décontenancé : si, si, mais c'est vous que j'avais pas vu !* ».

On partage le fromage.

On avale le dessert.

Lolita, avale une lampée et demande :

« *Vous connaissez celle des prisonniers qui comparent leur peine ?* ».

Tout le monde fait non de la tête, tout en terminant qui un bout de dessert, qui un fond de verre.

« *Dans une centrale, deux prisonniers discutent* ».

« *Moi, j'ai pris dix ans pour escroquerie, et toi ?* ».

« *Moi, vingt ans pour secourisme...* ».

« *Tu veux rire ! On n'a jamais condamné quelqu'un à vingt ans pour ça !* ».

« *Si, si, je te jure... Ma belle-mère saignait du nez. Alors je lui ai fait un garrot autour du cou pour arrêter l'hémorragie...* ».

On se jette sur les cafés et il n'y a plus un instant à perdre.

C'est l'heure de la fête.

Les airelles n'attendent pas, déjà qu'on aura sauté le sermon du père Anselme !

Le père Eymard va de son conseil au lieutenant.

« *Sachez mon lieutenant, que l'on prend les bêtes par les cornes et les hommes par la parole !* ».

Lolita glisse une blague qui surprend le lieutenant encore célibataire.

« *Nous les femmes on les prend par le bout du nez et on en fait ce qu'on veut. Pas vrai mon lieutenant ?* ».

Tout le monde rigole.

Pour finir, le retraité fait remarquer au lieutenant :

« *Le 15 août on ne fait jamais de contrôles d'alcoolémies sur les routes qui descendent de Sauvain et de la Jasseries de Garnier* ».

« *On surveille, on raisonne les trop cuits voulant reprendre le volant. Oui on n'entache pas la fête des airelles par des contrôles qui passeront pour mesquins et déplacés par la population* ».

« *Pour cette population, rude et besogneuse, il est rare de pouvoir faire la fête, alors on ne les ennuie pas…* ».

Le lieutenant a compris le message.

« *Chef dites-vous bien que nous ne ferons pas non plus de contrôles sur la route en sortant de cette cérémonie fort sympathique !* ».

Le temps du bel âge

Saint Georges en Couzan, le 24 août 2012.

Il y a grande effervescence chez les Coupeau !

On fête aujourd'hui les 20 ans de Fanette.

Et le soleil s'est mis au diapason. Il brille de mille feux et illumine le village de Saint Georges en Couzan.

Jean et Aglaé ont convié au repas Joan, le copain de leur fille.

Il y aura aussi le grand père paternel, papy Maurice.

Seront présents les grands-parents maternels, les Martinot.

Papy Maurice, Maurice Coupeau, est agriculteur retraité. Il a quitté son exploitation il y a déjà quelques temps et c'est son fils ainé André qui a repris la ferme, alors que lui habite maintenant un foyer pour senior à Saint Just en Chevalet.

Il est veuf et n'a que deux descendants, le second étant le père de Fanette.

Les Marteau, Marc et Marie-Cécile, sont toujours dans leur maison du bourg de Chalmazel. Lui était employé aux services techniques de la mairie. Elle était couturière.

Il y aura bien entendu tonton André sa femme Marie-Anne et leurs enfants.

Les cousins sont plus vieux que Fanette. Mathieu est fiancé avec une infirmière à Montbrison. Karine finit ses études de podologie à Lyon.

Joan est intimidé car c'est la première fois qu'il rencontre la majorité des présents. Puis il s'est fait charrié dès son arrivée.

Tonton André lui a dit quand Fanette lui a présenté son amoureux :

« Dis-donc Fanette, c'était pas celui-là que tu m'as présenté la semaine dernière ! Bonjour jeune homme. Tu as de la chance d'avoir comme amoureuse une si belle fille comme elle ! ».

Chacun sait qu'André est un farceur et donc personne n'est surpris, même si Joan ne sait pas bien comment répondre…

Un peu benêt, il rougit et se balance d'un pied sur l'autre.

Papy Maurice ne veut pas rester en retrait et y va aussi de sa blague :

« Ah c'est beau tout de même l'amour... Il parait qu'on trouve l'amour à tous les coins de rue. J'ai pas de pot, moi je dois habiter dans un rond-point !! ».

Détente, sourires, moment agréable…

Tout ce monde est arrivé et c'est le moment des cadeaux.

Papy Maurice donne une enveloppe :

« Je suis certain que tu en feras un excellent usage ma chérie ».

Bises réciproques.

Un coup d'œil de Fanette… Humm un chèque avec une jolie petite somme…

« Merci mon Papy ».

Marie Cécile Marteau présente un paquet bien enrubanné.

« Oh mais qu'est-ce que c'est ? ».

« Ouvre », lui répond son grand père.

Et derrière le papier, un carton neutre.

Et dans le carton deux surprises.

La première sous forme de bon cadeau à choisir à la maroquinerie du Velin à Montbrison et la seconde dans un joli coffret : une montre moderne…

C'est tout juste si Fanette ne saute pas de joie comme un cabri.

Elle se précipite vers ses grands-parents et les prend tous deux dans ses bras.

Bises et rebises !

André à son tour lui donne un paquet. Avec Marie Anne ils observent leur nièce.

« Ô un téléphone portable. Il fallait justement que je change mon vieux. C'est super. Merci à tous les deux ».

Mathieu et Karine reviennent de dehors.

Ils sont retournés à la voiture de Mathieu.

Ils rapportent un magnifique bonzaï, la chose dont Fanette a toujours rêvé, elle qui est une folle des plantes et des fleurs.

C'est au tour des parents.

Mais là il n'y a pas la surprise.

En effet, Fanette est allée chez ses parents il y a déjà quelques temps à Saint Étienne chez un grand magasin de vêtements.

Ses parents lui ont offert une robe qu'elle a choisie dans un ensemble de modèles. Ce sera sa robe de fiançailles.

Elle ouvre le paquet afin que tout le monde puisse l'admirer.

Ces dames sont toutes choses de voir une belle robe et imaginent leur nièce dedans.

« Je ne la passe pas aujourd'hui, vous la verrez le jour de mes fiançailles ».

Et Joan en embrassant sa chérie doucement sur les lèvres lui glisse dans la main un petit paquet…

Des boucles d'oreilles.

Que la jeune met immédiatement et part devant la glace du salon pour se voir…

Elle en est toute rose…

Aglaé annonce alors qu'il est l'heure de passer à table.

Elle a concocté un menu pour la reine du jour. Uniquement les plats qu'elle adore.

Elle annonce à la tablée impatiente :

« *On commence par un kir, ensuite darne de saumon mayonnaise, après on aura chapon aux marrons, puis brique et fourme, tarte aux myrtilles, café et liqueurs… ».*

Et le service démarre…

Le silence se fait pendant que le saumon est dégusté.

Il est poussé par un petit chablis à la robe d'or.

Un délice.

Quand arrive le chapon, l'ambiance est déjà plus chaude.

Le bruit des bouteilles de Châteauneuf du Pape qui se débouchent émoustillent déjà…

Joli met, bien rôti, vin parfait, les décibels augmentent.

Le trublion de service entame une blague qui sera suivie de quelques autres.

« *Le directeur d'un hôpital rattrape un patient pieds nus qui sort en courant de son établissement :*

« *Mais enfin monsieur, pourquoi vous êtes-vous enfui du bloc opératoire ? ».*

« *C'est parce que l'infirmière a dit : « Allons soyez courageux ce n'est qu'une appendicite, c'est simple comme opération ! »*

« *Et alors ! Elle a dit ça pour vous rassurer ! » .*

« *Ce n'était pas à moi qu'elle le disait, mais c'est au chirurgien !* »

On passe de la rigolade aux fromages ce qui n'empêche pas Papy Maurice de se lancer lui aussi dans la blague.

« *Et savez-vous comment j'ai appris à nager ?* ».

« *J'étais en colonie de vacances* ».

« *Le directeur avait parié avec une nouvelle monitrice qu'il n'y aurait plus aucun gamin ne sachant pas nager à la fin de la colo* ».

« *Et le bougre, il a eu raison* ».

« *Il avait une astuce* ».

« *Les filles étaient toutes installées sur une ile et nous les garçons nous étions sur la berge en face avec deux mètres d'eau de profondeur...* ».

Les fromages finis, on va passer aux douceurs.

Amélie, l'amie de Fanette a été invitée pour le dessert.

Elle arrive à point nommée et offre à son amie une jolie composition florale.

Les deux jeunes femmes s'embrassent, Joan a droit aussi à deux bises avant que Fanette ne présente sa copine à l'assemblée.

« *Pour éviter à Amélie de se faire une entorse au poignet en serrant toutes ces mains, je vous présente ma meilleure amie que je remercie de se joindre à nous.*

« *Et je demande à papy Maurice de lui faire une place à côté de lui en bout de table...* ».

André qui n'en rate jamais une déclenche une nouvelle vague d'hilarité avec :

« *Et papy Maurice, on surveille. Attention pas de sottise avec la copine de Fanette. D'autant qu'elle est fiancée à un catcheur, alors gare à bien se tenir Papy !* ».

« *Ah mademoiselle, ne craignez rien. Et de toutes façons, si je cours encore après les filles, je ne peux jamais les rattraper et surtout je ne sais même plus pourquoi je cours* ».

Jean Coupeau apporte à table des flutes et ensuite du champagne.

On fête encore l'anniversaire de Fanette. On trinque.

Les dames chantent la scie habituelle du « on n'a pas tous les jours 20 ans » et tout est prêt pour le partage des tartes.

Chacun y va de son compliment à la cuisinière, surtout Marc Marteau qui s'égosille :

« *Ah mais pour sûr que c'est une bonne cuisinière ma fille. Elle a de quoi tenir avec Marie-Cécile qui est un vrai cordon bleu* ».

Sa femme minaude mais n'est pas insensible au compliment.

A la fin du repas, avant le gâteau on aborde le sujet ô combien important des fiançailles.

Jean demande à sa fille qu'elle dise à chacun son programme.

Fiançailles le 12 octobre prochain. Les parents de Joan ont donné leur accord.

Et le mariage aura lieu au printemps suivant.

La date du 12 octobre est validée pour tous. Jean propose à Joan de voir avec sa famille qui sera à inviter.

Les Coupeau proposent que l'on fasse cela à la salle municipale que l'on louera pour l'occasion. Jean d'ailleurs glisse à papy Maurice :

« *Elle est disponible j'ai fait une réservation de principe* ».

Jean rappelle à toute la tablée qu'ils seront bien entendu invités à participer.

Papy Maurice se met à philosopher :

« *Il n'y a plus de fiançailles dans la plupart des cas des jeunes couples maintenant. Il n'y a que des accords. Et il n'y a plus de fiancés, il n'y a que des futurs !* ».

Marc se rappelle dans sa jeunesse les tintamarres auxquels il a participé. C'était une vieille tradition locale, qui s'est perdue au fil des ans.

Jadis, lors du remariage d'un veuf avec une jeune fille ou d'un jeune homme avec une veuve, la jeunesse du village organisait un charivari.

De nuit, il y avait grand vacarme et agitation sous les fenêtres des mariés.

Tous les instruments possibles étaient utilisés afin d'obtenir une belle cacophonie.

Et cela pouvait durer une soirée, quelques jours ou plusieurs semaines…

Ces mariages hors normes étaient considérés comme portant atteinte à la jeunesse du pays.

C'était un gars ou une fille de moins à marier dans leur classe d'âge.

Une compensation symbolique s'imposait…

Il fallait offrir à boire très largement ou bien subir le tintamarre.

« *Toute une époque* » murmure-t-il.

Quand on passe aux liqueurs, les dames sont déjà à la vaisselle dans la cuisine, Fanette est en train de roucouler avec son Jojo d'amour et ces messieurs dégustent la gnole que Marc a apporté…

Du sévère !

Quand on a fait le tour de ce petit verre, il est grand temps de se dégourdir les jambes et surtout de s'aérer le gosier…

Quoi de mieux que de faire un tour jusque devant l'église. En traversant la route principale, ils laissent passer la voiture bleue des gendarmes partant vers Chalmazel.

C'est Lolita qui conduit. Elle est saluée par de grands mouvements de bras de ces messieurs tellement en recherche d'exercice après ces agapes.

Pour répondre aux saluts, elle ne trouve rien de plus sympa que d'actionner le deux tons !

Le temps maudit de l'hiver

Saint Georges en Couzan, le 3 février 2013.

Le temps est glacial. Il neige depuis la veille et ce matin le froid de la nuit est venu glacer toute la campagne.

La bise hurle.

Le spectacle est magnifique avec ce givre faisant des guirlandes aux clôtures et sous les bois que ses phares transforment en perles scintillantes.

Il est 5 heures.

Les services techniques de la voirie ne sont pas encore passés et le ruban sinueux descendant à Sail sous Couzan est on ne peut plus verglacé et dangereux.

Venant du hameau d'Epezy, François Brillon traverse sans encombre le village de Saint Georges en Couzan totalement paralysé de froid. Pas de lumière, pas une âme qui vive dehors.

Direction la descente vers Sail sous Couzan.

Alors qu'il entame la route sinueuse qui va vers la vallée, il se dit que le temps de cette journée est vraiment maudit.

Il roule doucement, se disant que sa prise de poste aux « Lames du Lignon » à Boën sur Lignon peut accepter un retard qui ne sera en fait qu'un surplus d'attention.

Ah si seulement il faisait jour, il verrait quand même mieux les pièges de la glace…

La nuit en même temps que la neige, voilà de quoi être pris en traître !

Et voilà son esprit qui repense au phare de la perdue… et surtout aux 100 coups de la perdue… Il en aurait besoin en ce moment.

C'est une vieille histoire que l'on colportait dans le temps à la veillée. Une histoire de la plaine mais qui a tôt fait de monter dans les Monts.

Laissez-moi vous la conter.

C'était en octobre, le dernier jour du mois.

En ce temps-là, le marché qui précédait la Toussaint connaissait un plus grand rayonnement que les autres.

Ainsi, marchands, colporteurs, artisans et façonniers venaient massivement et souvent de fort loin pour vendre leurs marchandises.

Bien sûr, ils se déplaçaient à pied. Aucune carte Michelin, aucun GPS pour vous remettre dans le droit chemin.

Dans ce contexte, il est facile de se perdre, ajoutez à cela, la nuit, le froid, le brouillard.

Une personne, après avoir longuement marché, se perd en approchant de Feurs.

On la devine à bout de force.

On l'imagine, accablée sous un lourd fardeau contenant sa marchandise.

Est-ce de la fine dentelle qu'elle apporte du Puy, une fine dentelle à l'image de celle des toiles d'araignées que les buissons retiennent ?

Transporte-t-elle des lames et autres armes blanches qu'elle apporte de Thiers, des lames bien utiles dans un brouillard dense à couper au couteau ?

Personne n'a eu réponse à ces questions.

Mais le curé de l'église Notre Dame, eut ce jour là une idée remarquable.

Il se mit à sonner les cloches de son église. 100 coups. Se disant que si quelqu'un s'est égaré dans le mauvais temps, cela le guidera comme un phare pour entrer au port.

Ne devant son salut qu'au son des cloches qui la guidèrent pour lui permettre de gagner la ville, la femme perdue se rendit à l'église le lendemain, versa une somme à la paroisse afin que chaque année, pendant longtemps, on célèbre l'anniversaire de cet événement chargé de symboles.

Elle voulait à la fois remercier, et aussi venir en aide à l'éventuel voyageur égaré.

Elle aurait aimé placer un phare au milieu des terres, mais elle se contenta de demander au prêtre d'inscrire cela dans les obligations de la paroisse dorénavant.

Revenons à notre automobiliste en proie aux énormes dangers du mauvais temps d'hiver en montagne.

Il approche des virages précédant le lieu-dit des Petites Combes. La neige est épaisse maintenant.

Il est difficile de bien distinguer la berme et son petit talus en terre et la route asphaltée.

Sa roue avant droite est trop à droite.

Il glisse sur le talus.

Un réflexe et François balance un grand coup de volant à gauche ce qui ne fait qu'accélérer la perte d'adhérence.

La voiture saute le talus et chute dans la Goutte de Vial, fracasse quelques arbres qui éclatent le pare-brise et s'immobilise une vingtaine de mètres plus bas.

Il faut quelques minutes à François pour reprendre ses esprits. Il est coincé sous les tôles. Il est en sang, le pare-brise et les branches ayant entamé son visage.

Il peut bouger les bras mais souffre terriblement du dos et des jambes…

Il a l'impression de ne plus pouvoir bouger ses doigts de pieds.

Il sait que s'il n'alerte pas les secours, personne ne viendra le chercher là où il est. Avec le mauvais temps, inutile de dire que sa voiture blanche n'est pas prête d'être aperçue par quelqu'un.

Il faut qu'il arrive par lui-même à joindre un secours quelconque.

Il parvient à sortir son téléphone de la poche intérieure de sa parka.

L'appareil semble encore fonctionner malgré les chocs.

Il compose le numéro d'urgence.

Avec d'énormes difficultés il arrive à préciser l'endroit où il se trouve… et à bout de forces, ayant la conviction que l'on va venir le sauver, il perd connaissance.

Dans la voiture on continue à entendre quelqu'un au téléphone :

« *Monsieur réveillez-vous. On arrive. Monsieur parlez-moi… Monsieur… »…*

De longues minutes après, les pompiers et les gendarmes scrutent le vallon. Dans la neige il est très difficile de voir quelque chose.

Il n'y a plus de trace visible sur la route et le talus. La neige a déjà recouvert les lieux.

La Mouche, le gendarme de Saint Georges sort un projecteur puissant de la voiture de la brigade.

Deux pompiers, se mettent en cordée. La corde est assurée au treuil du fourgon rouge.

Restant sur la route, le gendarme balaie avec son projecteur.

Pendant ce temps, pompiers descendent doucement dans le ravin. Eux aussi ont des lampes torches et ils cherchent le moindre indice. Mais il faut surtout se tenir, car l'opération est bien risquée.

Enfin un objet noir peu recouvert attire leur regard. Un essieu de voiture.

Oui voilà le véhicule et son conducteur coincé dans les tôles.

Alors le sauvetage commence.

Très vite des renforts en gendarmerie sont appelés pour régler la circulation et surtout annoncer avec des panneaux clignotants la présence d'obstacles sur la route et donc d'un danger.

Devant l'état du conducteur, il est demandé en urgence une ambulance et un médecin du SMUR.

Il arrive de Feurs.

En attendant, couverture de survie, déblayage à minima autour de la carcasse. Deux autres cordes de rappel sont installées.

Les pompiers présents, scient les arbustes pour laisser passer un brancard.

Ils taillent aussi des encoches dans le talus pour faciliter les appuis des sauveteurs qui vont avoir à descendre puis surtout à remonter.

On pourra remonter une civière coque en la faisant doucement glisser mais il faudra que les infirmiers et pompiers puissent la tenir tout au long de la remontée sans qu'ils ne chutent suite à une glissade.

Quand le médecin est descendu, très vite il comprend la gravité de la situation.

Il va falloir de très longues minutes, sous la neige qui continue à tomber, dans la lumière de plusieurs projecteurs installés, avant de pouvoir sangler le blessé avec moult précautions…

Un infirmier va tenir le goutte à goutte, quatre pompiers vont maintenir la stabilité du brancard.

La remontée se fait très lentement, oui très doucement, au treuil avec les pompiers guidant le tout afin que le brancard ne se renverse et que le blessé se retrouve en frottement avec le sol rocheux.

Enfin le voilà sur la route.

Avec tout autant de précautions, François est installé dans l'ambulance.

Les examens complémentaires du médecin sont alarmants. Il semble que notre homme souffre d'une fracture de la colonne vertébrale…

Un convoi s'organise à la demande du lieutenant Rabot qui a été réveillé par ses hommes.

Une voiture de la gendarmerie va précéder l'ambulance.

Un fourgon de pompiers venu de Boën en renfort va faire le serre-file.

Et doucement, tout ce monde va aller jusqu'aux urgences de l'hôpital de Feurs, la route la moins accidentée ce qui sera la meilleure des choses pour le blessé.

Je vais apprendre de ma voisine infirmière que notre homme a été ensuite transporté à l'hôpital nord de Saint Étienne au centre de réanimation.

Le pronostic vital est engagé. Il est vraisemblable qu'il ne puisse plus marcher s'il s'en sort…

Je me dis qu'il faut faire quelque chose.

Cette descente est bien dangereuse.

Je fais paraître dans la presse régionale une pétition.

Le journal relaie mon action.

Il s'agit de demander aux autorités la mise en place de glissières de sécurité et de catadioptres réfléchissants tout au long de la descente.

Je ne sais si cela sera entendu.

Alors je fais une série de copies de mon texte. Et je pars faire la distribution.

A Sail, au café des Thermes je reçois un bon accueil. Le patron me demande plusieurs feuilles et me dit qu'il me tiendra au courant.

A Saint Georges en Couzan, au Café du Poilu, je suis accueilli de manière tout aussi agréable et motivée.

Il y a seulement un jeune poivrot, habitué du lieu et bien connu des patrons et une vieille que le rosé depuis la jeunesse a fait friper avant l'heure.

Lui a le vin triste et ne parle pas. Elle au contraire est toute guillerette. Elle parle d'amour.

« Oui mossieur, j'attends le prince charmant, mais c'est sûr qu'il a pas soif... Il vient jamais ici. La dernière fois c'était y a longtemps au bord de la mer ».

« C'était avec Marcel. Nous sommes allés à la plage, j'avais mis mon maillot le plus sexy. Il faisait doux et il y avait un clair de lune superbe. On aurait pu lire le journal ».

« Et alors ? ».

« Marcel avait emporté son journal ! ».

Je rigole de bon cœur même si je suis devant une misère morale qui vient se perdre dans un verre ballon tous les matins.

Je me dis que je vais continuer et proposer ma pétition dans les villages les plus hauts dont les habitants doivent emprunter cette route pour descendre ne serait-ce que pour se rendre au super marché à Boën ou au marché forain du jeudi matin.

A Chalmazel je vais directement au Bar de la Soif.

J'y trouve Monmond et le père Goutorbe.

Je suis accueilli avec enthousiasme, même si je me dis que le vieux qui ne conduit plus depuis quelques temps ne doit guère avoir de soucis quand il descend vers la vallée...

Je prends un verre de Badoit en discutant un instant avec eux.

Je trouve Monmond un peu en retrait. En fait non, c'est son style. En retrait, observation, cogitation, phrase qui tue !

Et pour ne pas faire entorse à la règle, il me dit alors :

« Je crois que ce n'est pas la solution ».

Je suis décontenancé.

Le père Goutorbe attend la suite, mais il n'y a pas de suite.

« Vous avez une solution alors ? ».

Un léger silence et le voilà qui nous fait comme un exposé en amphithéâtre !

« Oui. On commence par les urnes de la prochaine élection. On vire tous ces politiques qui ne servent à rien ».

« On décide d'un gouvernement resserré consacré uniquement aux problèmes de tous les jours des français. Alors pas de ministère des affaires étrangères, ni de secrétaire d'état des affaires sociales, ni un ministère avec une ribambelle de fonctionnaires pour s'occuper des affaires de mœurs ! ».

« Oui. Un ministère des transports chargé de transformer toutes les routes, un cabinet ministériel militaire pour qu'il y ait un peu plus de contrôles de la gendarmerie, et surtout un des finances pour nous payer nos rentes et un des armées pour ne pas se faire emmerder par les rastacouères du sud de la Méditerranée ».

« *Ouaie* [5]*, mais Monmond t'as oublié un ministre des jolies infirmières qui s'occuperont des vieux retraités...* » complète le père Goutorbe.

Un instant de silence pendant que j'observe mes deux lascars, sérieux comme des papes.

« *Joannès, t'as raison. On appellera çà le ministère câlin* » et Monmond ajoute encore :

« *Je rase la descente vers Sail et je construis une autoroute toute droite, avec péage pour ceux qui ne sont pas de là, et pis voilà* ».

« *Vous vous rendez compte de ce que vous dites ?* » osais-je un peu interloqué.

« *Oui et je sais aussi qu'avec cela on aura plein de chantiers, plein de boulot, plein de salariés, pas de chômage et des rentrées d'argent pour alimenter les caisses de retraite* ».

« *Alors après je peux partir tranquille me mettre les pieds en éventail* ».

« *Bon allez c'est ma tournée. On arrête de rêver !!* » finit-il par dire avec un grand sourire...

Et je me rends compte à cet instant que les deux compères doivent faire souvent ce genre de projet ministériels. Oui j'ai là des professionnels de la politique et de la dérision !

On finit par en rigoler tous les trois, avant que je ne prenne congé.

Puis je passe à la boulangerie. Gertrude me prend une feuille et salue chaleureusement la démarche.

Au passage je repars avec un de ses délicieux sablés, si peu cher et pourtant tellement bons.

Je me dirige maintenant vers Sauvain.

---

[5] Ouaie = oui

Au Bistrot Sauvagnard je trouve sans en être surpris mon ami La Craie.

Il propose de faire du porte à porte dans la commune. Je laisse des exemplaires également au patron Jean Lepont.

« *Alors Mossieu l'écriveur, qu'est-ce que je vous offre ?* » me demande ce dernier.

« *Exceptionnellement si Micheline peut me préparer son sandwiche XXL alors je prends avant son sandwich de résistance un petit pastis puis une bière pour pousser le mastodonte* ».

Le Trou qui est entré entre temps après avoir salué la compagnie, s'installe à une table et apostrophe tout le monde.

« *Dites donc, connaissez-vous la blague du gars qui commande un pastis et qui ne veut pas payer ?* ».

Et le voilà qui enchaine, à peine distrait dans son propos quand le patron vient lui poser un demi devant le nez. Il déroule son histoire.

« *C'est un type qui entre dans un bistrot et s'assoit à une table* ».

« *Il n'y a personne d'autre, et le garçon, derrière le bar, lui demande* ».

« *Monsieur, vous prenez quelque chose ?* »

« *Ah, ben... Un p'tit Ricard !* »

Le serveur lui apporte son verre. L'autre le boit, lentement, puis il se lève et commence à sortir. Le serveur :

« *Ho ! Monsieur, votre verre...* »

« *Ben quoi mon verre ?* »

« *Il faudrait peut-être voir à payer* ».

« *Comment ça, payer ! Moi, je suis assis la bien tranquillement, je ne demande rien, vous me proposez un* verre, je croyais que c'était de bon cœur... Maintenant vous me dites qu'il faut payer... ».

« *Le serveur le regarde bien, pour se mettre son visage en tête, et lui dit d'accord (mais toi je t'ai repéré)* ».

« *Le lendemain, en plein coup de feu, le serveur ne sait plus où donner de la tête* ».

« *Le type vient s'installer au bout du comptoir, et le garçon, en le voyant du coin de l'œil s'installer et lui demande* ».

« *Monsieur, vous prenez quelque chose ?* »

« *Ah, ben merci, oui, un p'tit Ricard* ».

« *Le serveur se fige en le reconnaissant. Les dents serrées, il lui donne son verre et le regarde partir* ».

« *Le lendemain, personne dans le troquet. Le type arrive, s'installe seul à une table et attend* ».

« *Le serveur l'ignore, et continue à nettoyer ses verres* ».

« *Au bout d'un moment, le type se lève, se met au bar et sort un paquet crasseux de sa poche* ».

« *Il en sort des débris de pain moisis pleins de vers, et commence à les découper avec un petit couteau* ».

« *Le garçon voit ça, et s'approche* ».

« *Mais c'est dégueulasse ! Qu'est-ce que vous faites sur mon comptoir ?* ».

« *Ben, je découpe ces bouts de pain* ».

« *Mais !? Pour quoi faire ?* ».

« *Aaah, c'est pour la pêche* ».

« *Pour la pêche ?! Et vous prenez quoi avec ça ???* ».

« *Eh ben un p'tit Ricard, merci...* ».

Elle est bonne et tout le monde rigole largement.

Micheline apporte ma commande, alors que je viens de finir mon pastis.

Une bière va pousser le tout.

Elle me demande des nouvelles de François.

Je n'en ai pas mais on sait seulement par sa famille que les chances sont minces qu'il puisse un jour remarcher. Par contre son pronostic vital n'est plus engagé...

Elle me dit alors :

« Non seulement il faudrait améliorer la circulation sur nos routes mais en plus il faudrait lutter plus fortement contre le diable ».

Surprise.

La Craie comme un bon anticlérical qu'il est, s'esclaffe.

« Le diable, une sornette de bonnes sœurs oui ! ».

« Non, je sais ce que je dis ».

« Déjà quand j'étais jeune il y a avait la rumeur du diable dans les Mont du Forez. C'est une vieille histoire. On se la racontait à la veillée ».

« Au début de janvier 1865, une rumeur court dans la montagne. Le Diable lui-même serait à Saint-Bonnet. Des gens l'ont vu, sous forme de deux monstres qui parcourent le pays ».

« Ils se manifestent la nuit tombée ou très tôt le matin dans le noir. Surtout quand il neige et que la glace est partout ».

« Il parait qu'ils attrapent le voyageur et le jettent dans les ravins... ».

« Plus d'une bonne femme assurait même qu'en allant à confesse elle avait été suivie par ces monstres... ».

« Certaines dévotes disaient qu'il était urgent de faire dire une neuvaine pour chasser l'esprit malin du pays... Les préjugés sont nombreux en montagne..."

« Le curé de Saint Bonnet le Courreau fera dire messe sur messe, des séances d'exorcisme seront organisées, et la rumeur s'atténua tout simplement... ».

« *D'autant que le diable ne semblait plus se manifester. Il y avait bien eu quelques accidents, mais le diable n'était pour rien dans ces affaires...* ».

Et Micheline de conclure.

« *Moi je crois que le Diable est revenu nous tirer par les pieds* ».

« *Votre gars, c'est Satan qui l'a jeté dans le ravin et pis c'est tout !* ».

« *Satan ? Qu'est-ce que c'est que cette histoire* » dit le père Anselme qui vient d'entrer...

« *D'autant que Satan, c'est quand même mon domaine !!* ».

La Craie prend les devants et narre au prêtre de la paroisse les propos de Micheline en y mettant sa patte personnelle.

Si bien que le père Anselme comprend qu'il y a des loups qui travaillent pour le diable et qui courent après les jeunes filles dans les jasseries des montagnes et les jettent dans les trous...

Il lui faut un instant pour assimiler et pour ne pas être en reste, c'est à son tour d'ajouter une couche.

« *Au Bouenza on a déjà vu cela, mon ami* » lui répond-il.

« *Ah ?* ».

« *Oui et il y a une remède bien simple* ».

« *À la personne qui raconte cela on lui administre une potion, un grand verre de sirop de bissap et on l'invite à aller se coucher* ».

« *Puis devant la communauté, le prêtre demande à ce qu'une jeune fille lui apporte un coq* ».

« *Quand il a le volatile en main, il le prend par les pattes* ».

Tous les présents dans le bistrot sont suspendus à ses propos, mais il fait une pause et augmente encore l'intérêt.

Une lampée de simba et le voilà qui peut continuer, la gorge bien claire.

« *Il secoue ce coq à gauche, à droite, devant puis se tournant derrière lui. Ces secousses sont fortes, un peu comme si le coq allait vomir le diable en personne* ».

« *Il lui plume le cou, lui arrache les plumes du croupion et lui crache sur la tête* ».

« *Vient ensuite le moment essentiel de cette chasse aux démons* ».

« *Il faut dire : que jamais ton plumage ne sèche, que les flammes de Satan s'y éteignent* ».

« *Il crache sur la tête de la bestiole ainsi 7 fois et 7 fois il va redire la même phrase* ».

« *Puis il relâche le volatile un tantinet honteux d'avoir perdu ses belles couleurs et surtout ses plumes qui font la joie de ses poulettes.* ».

« *Amen* ».

« *Et cela marche ?* » interroge en se marrant notre ami La Craie.

« *Ben vous avez souvent lu dans les journaux ici qu'un diable jetterait les gens dans les trous au Bouenza ? Non jamais ! Donc c'est un truc qui marche !* » rigole-t-il en trempant ses lèvres dans son verre…

Le temps de l'attente

Jeansagnière le 1ᵉʳ novembre 2015.

Il fait gris et froid.

Le thermomètre est descendu pour taquiner les -8° cette nuit. Le centre du bourg est encore endormi.

La campagne est blanche et le givre ne scintille même pas en l'absence de soleil.

La bise fouette le visage d'Antoine parti de bon matin voir ses bêtes.

Chez son voisin, au Trêve, c'est curieux. Malgré ce temps-là, il n'y a pas de fumée montant de la cheminée.

A la ferme voisine chez Antoine, à la Combe, au contraire tout le monde est debout et la chaleur inonde la maison.

Depuis hier soir, il se passe quelque chose d'anormal.

La veille il y a eu une visite au Trêve. Il y en avait eu une précédente deux jours avant.

Et Antoine Pouvreau est inquiet ce matin.

Oui à la Combe, on entend les meuglements de plus en plus forts du troupeau de vaches laitières du voisin. C'est pas dans ses habitudes que de laisser ses vaches comme cela.

Kévin Monteil est installé sur l'exploitation que tenait son père. Il l'a modernisée. Il habite toujours la maison de la famille, mais ses parents reposent maintenant au cimetière.

Il est célibataire depuis que Marie Cécile sa compagne l'a quitté. Elle ne pouvait plus supporter son irritabilité et ses sautes d'humeur. Il faut dire qu'il est un peu, voire beaucoup, attiré par la bouteille ce qui à certains moments le met dans des états pas possibles !

Il a beaucoup de travail seul sur cette exploitation.

Il avait une petite étable contigüe à la maison. Il l'a abandonnée et transformée en hangar et remise à matériels et produits.

De l'autre côté du chemin, s'ouvrent ses prairies. Au fond de la première, un peu à l'abri des vents mauvais tant du nord que de l'est il a fait des investissements importants.

Il s'est mis sur le dos des emprunts conséquents pour moderniser et agrandir son exploitation.

Il a fait élever une grande étable très moderne. La traite est automatique, le nettoyage est aussi automatisé et le lisier récupéré stocké dans une fosse.

Après décantation il est envoyé dans une station de méthanisation qui alimente ensuite un générateur d'énergie lui permettant de chauffer et gérer son exploitation.

Pour la région, c'est tout bonnement révolutionnaire.

Et si les vaches ce matin meuglent à qui mieux mieux, c'est que son installation ne fonctionne pas comme il faut.

Le fermier de la Combe, se décide à aller voir ce qui se passe.

Arrivé sur place, il constate que le système de traite est arrêté. En fait il est boqué. En regardant de plus près, il est vrai que le tank à lait est plein et que la sécurité a bloqué le système, empêchant le versement du lait dans le tank suivant.

Nous sommes le dimanche de Toussaint. Le camion de la laiterie passant chaque semaine le lundi, cela signifie que la traite n'est pas faite depuis quasiment 2 jours.

Les mamelles de vaches sont terriblement gonflées. La douleur les fait appeler à l'aide…

Mais que fait Kévin ?

Antoine traverse la propriété, passe de l'autre côté du chemin et frappe à la porte.

Rien.

Silence total dans la maison.

Il pousse la porte et appelle.

Aucun signe de vie.

Il entre avec méfiance. Rien ni personne dans la grande salle à vivre du rez-de-chaussée. Sur la grande table, face à la cheminée, il y a le journal ouvert, et un mug qui a du contenir du café.

Antoine constate qu'il s'agit du journal du jeudi 29 octobre. Serait-ce à dire que Kévin n'a pas vécu dans sa maison depuis ce jeudi, ou au plus le vendredi matin ?

Il ressort et constate que la voiture de Monteil est dans la grange. Les clefs sont dessus. Donc Kévin n'a pas pris son véhicule.

Dans la remise qui sert de garage, il y a la moto de trial avec laquelle le gars fait des balades dans les chemins de la montagne.

Et toujours dans ce garage, il y a le vélo VTT…

Alors si Kévin n'est pas là, c'est qu'il est parti à pied…

Depuis 48 heures ?

En abandonnant ses bêtes et donc son revenu ?

Antoine prend peur… Il se retire un peu sur la pointe des pieds et rentre chez lui. Il raconte la chose à son épouse et à son gars, ouvrier avec lui.

C'est louche. Et pour les pauvres bêtes, il faut faire quelque chose…

Il appelle Charles Bonneton, le maire du village.

« *Allo m'sieur Bonneton, ici c'est Pouvreau de la Combe. Oui y se passe quêque chose de bizarre au Trêve chez Monteil. Les vaches gueulent, le système de traite est bloqué, Kévin est pas là et apparemment depuis deux jours ».*

« *Vous êtes sûr que Kévin n'est pas là ? »*

« *Pas dans la cuisine, pas dans son étable, sa voiture est là avec sa moto et son vélo. Il n'y a pas de feu dans la maison ».*

« *Bon j'arrive. Je passe vous voir ».*

Une demie heure plus tard, le 4X4 du maire arrive à la Combe.

Les deux hommes partent chez le voisin.

Le maire fait les mêmes constations sur les véhicules, sur le troupeau, sur l'installation.

Toujours suivi d'Antoine, Charles entre dans la maison. Oui le café, le journal… Ses chaussons sont près de la porte d'entrée. Ses bottes ne sont pas là.

Le maire passe dans la pièce d'à côté, la première des deux chambres. Rien ni personne.

Le lit est défait, mais il n'y a pas de trace particulière. Un peu comme si le gars venait de se lever de son lit…

Dans la pièce suivante, rien.

Oui la situation est totalement anormale.

Le maire dit alors :

« *On laisse tout cela comme çà, et je vais appeler les gendarmes. Il va falloir que quelqu'un s'occupe des vaches mais attendons l'avis de la maréchaussée. Merci Antoine, je rentre à la mairie et je m'occupe de la suite. À plus ! ».*

À la brigade de gendarmerie de Saint Georges en Couzan, c'est la gendarme Edwige Charbonnier qui est d'astreinte.

« *Moi je m'appelle Lolita, Lo ou bien Lola, du pareil au même. Moi je m'appelle Lolita… ».*

Elle est toute gaie. Elle frappe un compte rendu que le lieutenant lui a demandé. Et comme d'habitude, elle fredonne un air de la chanteuse Alizée dont elle est fan…

C'est la brutale sonnerie du téléphone qui l'a arrêtée.

« *Oui allo. Gendarme Charbonnier à l'appareil* ».

« *Bonjour. Ici Charles Bonneton, le maire de Jeansagnière* ».

« *Bonjour m'sieur le maire. Qu'est-ce qui vous amène ?* ».

« *Il se passe quelque chose de bizarre à la ferme du Trêve, chez Kévin Monteil* ».

Et le voilà qui raconte l'affaire…

« *Il n'est pas au bistrot par hasard ? Car on peut dire que c'est sa deuxième maison !* ».

« *Ben pas depuis 2 jours tout de même !* ».

« *J'en parle au lieutenant et on vous rappelle* ».

C'est ainsi que démarre l'affaire que la presse baptisera rapidement « l'affaire du Trêve ».

Le lieutenant va demander à ses adjoints, Cizoux et Pardon d'aller sur place pour les constatations.

Le disparu en question est majeur et vacciné, donc il a pu décider se prendre du recul ou d'aller voir ailleurs… Il n'y a pas de quoi s'affoler tout de suite.

Le chef de brigade appelle le maire et lui signale que ses hommes se rendent sur place. La présence du maire est souhaitable dans ces cas là…

Voilà les militaires qui arrivent. Le maire les accueille.

Ce qui frappe en premier c'est le bruit.

Oui les meuglements terribles du troupeau. Pauvres bêtes.

Oui elles souffrent terriblement…

A leur tour ils constatent l'absence du fermier. La maison restée ouverte, l'absence de feu, les vaches abandonnées à leur sort… Oui le gars Kévin a disparu.

Oui soit il lui est arrivé un accident sur ses champs et ses bois et il faut le retrouver, soit il a disparu et il faut expliquer pourquoi.

Pardon note scrupuleusement toutes les constations. Au bout d'un moment Cizoux interroge le maire :

« Savez-vous s'il lui arrivait souvent de s'absenter sur un coup de tête comme cela, sans prévenir quelqu'un ? ».

L'interlocuteur est clair :

« Vous savez bien comme moi, que ses absences les plus longues étaient consécutives à un instant passé trop longuement au bistrot du village, Chez Rose ».

« Faut dire que le gars pitanchait [6] pas mal. Il lui fallait un bon moment pour rentrer, sans parler des fois où il avait été retrouvé dans le fossé près de son vélo, en train de faire fonctionner son alambic interne, vous en savez quelque chose vous qui l'avez sorti de ses rêves embrumés de nombreuses fois ! ».

Devant l'opacité du sujet, Cizoux décide de remonter au bistrot et d'appeler son chef à Saint Georges.

Rose les accueille en ce dimanche de Toussaint, son bar étant ouvert car elle ne ferme que deux jours dans l'année : le 25 décembre et le 1er janvier !

Et d'ailleurs, il y a un client assis à une table.

Il sirote un petit ballon de blanc.

C'est le père Dufoix que les gendarmes connaissent bien. Retraité, ancien militaire puis cantonnier dans le village, il passa sa vie professionnelle à aider son prochain sur ces routes que les hivers rendent piégeuses… C'est une figure locale.

---

[6] Pitanchait de pitancher = boire trop

« *Non, on n'a pas vu Kévin depuis deux jours* » dit Rose.

« *On s'est même dit c'matin qu'il avait du partir voir sa femme. La pauv' petiote. Elle a ben du chagrin avec ce zigoto. La preuve l'est repartie chez ses parents à Saint Ju*» ajoute le vieux.

« *Sa femme ?* » demande Cizoux

« *Enfin j'm'entend. Y sont pas mariés mais comme on dit ici y vivent à la colle* » ajoute-t-il.

« *Et cela dure depuis longtemps ce ménage ?* » demande Kévin.

C'est Rose qui prend la discussion à son compte.

« *Ah non alors ! Marie Cécile s'est installée là eu début du mois, oui début octobre. Elle est déjà venue une dizaine de fois le chercher car il ne rentrait pas et en tenait une sévère... La dernière, elle m'avait dit qu'il n'y aurait pas de prochaine fois. Elle rentrerait chez ses parents et ne reviendrait pas, tout simplement !* ».

« *Vous vous souvenez du jour ?* ».

« *Oh oui. Il y a 4 jours* ».

« *Il était violent avec elle ?* » pose Cizoux.

« *J'étais point dans la culotte de la dame pour voir, mais j'suis pas sûr qu'il y faisait promenade ben souvent, il était toujours bourré* » s'esclaffe le père Dufoix qui ajoute :

« *Par cont', comme vous dites, des violences y devait en avouère* ».

« *Oui messieurs les gendarmes, plusieurs fois j'avais noté des bleus sur son visage. Quand je la questionnais c'était toujours une chute dans l'étable qui n'était pas suffisamment bien nettoyée* ».

« *C'était une femme violente de son côté ?* » enquête le gendarme Pardon.

« *Vous rigolez, pas vu une donzelle plus douce que cette môme ! Même que j'aurais bien fait un gâté [7] avec elle que diable* » confie Dufoix qui se trouve calmé rapidement par Rose :

« *Du calme père Dufoix, c'est pu de votre âge et c'est mauvais pour vot'cœur* » ce qui attire un sérieux mouvement d'épaules du vieillard…

« *Vous savez où habitent les parents ? Vous avez des informations sur eux ?* » s'enquiert le militaire pendant que Cizoux gribouille dans son carnet.

« *Du côté du Mont à Saint Ju. C'étaient les grands parents qui ont démarré l'exploitation, et les parents ont pris la suite. Ce sont des agriculteurs* ».

« *Merci à tous les deux. Si vous voyez repasser notre gars, vous appelez la brigade s'il vous plait. On va retourner voir le maire* ».

Et voilà les deux képis qui sortent et qui remontent dans leur voiture. Ils arrivent à la mairie et demande l'édile qui vient de rentrer ?

C'est le moment de faire le point.

Pour le maire, c'est comme pour les gens du bistrot, cette jeune femme devait être malheureuse et cela ne faisait pas longtemps qu'elle s'était installée là.

Si elle est repartie chez ses parents, peut-être que le gars a voulu y aller aussi et la ramener à la ferme quitte à utiliser la force.

Oui il faut aller voir à Saint Just en Bas !

« *Mais, m'sieur le maire, vous n'avez pas souvenir d'une bagarre, d'un problème de voisinage, enfin d'un évènement insolite ?* » demande Pardon.

« *Non, mais je demande à la secrétaire. Arlette, venez donc un instant ?* ».

---

[7] Gâté = câlin

Et quand la dame entre, le maire lui explique la situation et demande si elle a connaissance d'un fait divers concernant notre gars.

« *Monteil ? Ben oui, vous vous souvenez pas qu'il a proféré des menaces de mort envers un gars de la laiterie. Et ce jour là il était tombé sur un plus teigneux que lui... Rappelez vous le Tintin, le gars des Hautes Chaumes qui a fait un infractus l'mois passé* ».

« *Mais oui Arlette ! Vous avez raison, je n'y pensais plus. On ne sait même pas pourquoi ces deux jeunes coqs voulaient en venir aux mains. Et même qu'il avait fallu un témoin balaise pour arrêter le gars du camion de ramassage...* ».

« *Et c'était qui votre laitier ?* » demande Pardon.

« *Ben Tintin de la ferme des clochettes sur Chalmazel en haut de la Gouerie. J'crois aussi que les chaleurs du mois de juillet leur avaient tapé sur le carafon à tous les deux. Mais il est mort le pauvre* ».

Donc c'est une fausse piste que les gendarmes enregistrent.

Les militaires remercient, saluent et repartent en direction de la brigade.

Ils ont tôt fait d'arriver à Saint Georges en Couzan.

Rapport au lieutenant.

Rédaction de la part du bleu pendant que Cizoux va raconter leur affaire à Lolita.

« *Dis-donc, Monteil, c'est pas le gars qui avait aussi fait un esclandre à la fête des airelles au 15 août dernier ? Il était tellement bourré qu'il voulait que Jean Lepont lui rembourse le vin qu'il avait bu sous prétexte qu'il était chaud !* ».

« *Mais oui. Donc si on regarde en plus notre plan de route de ces dernières années, on doit le trouver souvent.*

D'abord pour ivresse sur la voie publique et ensuite dans des altercations. Je vais regarder cela. J'en parle au juteux et au lieutenant ».

Et pendant que Cizoux exerce ses talents de Sherlock Holmes à partir des fichiers informatisés, Lolita et Balin sont missionnés pour aller à Saint Just en Bas.

Aller, direction le hameau du Mont à Saint Ju comme on dit ici.

Sur place ils s'avancent dans la cour de la ferme des Bataillon.

La mère sort sur le devant de la porte. A la vue des gendarmes, elle montre son inquiétude.

« C'est-y encore pour Monteil. Quel moins que rien çui là ».

« On voudrait parler à votre fille ».

« Entrez, elle est de corvée de pluche ».

En effet la jeune femme est installée à la grande table de la grande pièce.

Même réaction que sa mère. L'inquiétude se lit sur son visage.

« Bonjour mademoiselle. On veut juste vous poser quelques questions, ainsi qu'à vous madame et à votre mari » indique Balin.

« Ben mon homme il est dans l'étable. Suivez-moi ».

Elle sort et Balin lui emboite le pas. Aubaine se dit Lolita qui peut alors questionner la jeune.

« Quand avez-vous vu Jérôme Monteil pour la dernière fois ? ».

« Qu'est-ce qu'il a encore fait ? ».

« Dites-moi quand ? ».

« Ben quand j'me suis enfui de chez lui. Il était tellement saoul qu'il a pas pu me rattraper, et la dernière

fois que je l'ai vu, il gueulait, allongé par terre, car il avait trébuché... ».

« Et ensuite avec-vous eu de ses nouvelles ? Est-ce qu'hier, il est venu ici ? A-t-il téléphoné ? Et aujourd'hui, a-t-il pu passer sans que vous puissiez le voir ? ».

« Oh, sûrement pas. Y a Belle qui veille et j'peux vous dire qu'elle ne l'aime pas, alors elle aurait aboyé, car c'est un sacré chien de garde ».

Un moment de silence entre les deux femmes.

Lolita interroge alors :

« Mais vous l'avez quitté définitivement ? ».

« Oui madame. J'en ai déjà trop bavé en un mois. Qu'il aille se faire pendre, et je lui ai dit et même écrit sur un papier laissé sur la table de la cuisine. Mon père a dit qu'il irait avec un voisin dans quelques jours pour reprendre mes affaires... Mais pourquoi toutes ces questions ? ».

Et la gendarme Edwige continue sans se soucier de la réponse à la question posée.

« Vous lui en voulez tellement ? ».

« C'est rien de le dire ! ».

« Vous iriez jusqu'à agir de manière violente avec lui ? ».

« Mais vous rigolez. Il fait 30 cm de plus que moi et largement 50 kilos de plus. S'il veut il me décolle la tête... Non non, moi je ne veux plus m'approcher de ce mec et je ne veux plus en entendre parler »...

Un silence s'installe. La jeune reprend :

« Mais pourquoi ces questions ? ».

« Que faisiez-vous hier matin entre 9 heures et midi ? ».

« J'étais là, vous pouvez demander à maman. Depuis avant-hier, je n'ai pas bougé de la ferme, j'ai trop peur qu'il

vienne me chercher... Alors me direz-vous une bonne fois pour toutes pourquoi cet interrogatoire ? J'ai quand même tué personne pour mériter cela » lâche-telle en s'écroulant sur ses bras, toute en pleurs.

Tous ces évènements l'ont beaucoup perturbée et les questions de Lolita sont les gouttes qui font déborder le vase...

Le temps du sauvetage

Jeansagnière le 4 novembre 2015.

La gendarme Charbonnier est toujours en présence de Marie-Cécile au domicile de ses parents.

Cette dernière a le corps secoué d'énormes sanglots et reste effondrée sur la table de la cuisine.

« *Allons Marie Cécile, ne vous mettez pas dans un état pareil. Vous n'êtes pour rien dans les raisons qui ont déterminées notre venue* ». Puis elle ajoute :

« *Séchez ces larmes, je suis votre amie vous savez* ».

Un grand reniflage et elle lève son visage tout boursoufflé de larmes.

« *Mais alors ?* ».

« *En fait nous enquêtons sur la disparition de monsieur Monteil. Depuis hier les vaches ne sont pas soignées et pas traites* ».

Lolita observe la jeune femme.

Elle a les yeux écarquillés. Instantanément les larmes se sont arrêtées.

Elle a du mal à reprendre son souffle.

On a l'impression que son premier réflexe est de s'apitoyer sur le sort du gars… Mais non…

« *Pauvres bêtes, elles me font pitié. Elles doivent meugler. Que va-t-on faire pour leur bonne santé ?* ».

C'est le moment où papa et maman Bataillon entrent avec Balin à leur suite.

« *T'inquiètes pas pour ça Marie Cécile. Je vais monter tout de suite. J'irais voir le maire, on se connait depuis le régiment alors on pourra trouver des solutions* » dis le père.

« *Et d'ici que je revienne, vous gardez Belle près de vous et vous ne sortez pas. Allez à un de ces moments* [8] ! » ajoute-t-il en sortant.

On entend le son du moteur de sa voiture.

Le calme s'installe.

La mère regarde sa fille et ne peut s'empêcher de penser qu'elle s'est vraiment mise dans de beaux draps…

« *Ma chérie ne t'inquiète pas. Sèche tes larmes. On va faire la préparation du diner* ».

Les deux gendarmes saluent et sortent.

Dans la voiture, Balin reprend ses notes et explique à sa collègue ce qu'ils se sont dit avec les parents.

Lolita lui indique ce qu'elle a recueilli de son côté.

En fin de compte, les premiers éléments font apparaître un garçon très instable, buveur, violent, et peu intégré dans la société… sauf au bistrot du village, pour ainsi dire son deuxième logis !

Balin en tire la première conclusion.

« *Il s'est barré et a tout largué. On pourrait bien le retrouver au barrage de Villerest un de ces jours !* ».

« *Tu penses qu'il s'est suicidé ? Moi je n'y crois pas* » répond la gendarme qui ajoute :

« *Oui, car il n'a jamais marqué de signe d'abattement, il a des projets même si leur devenir est un peu masqué par les brumes de l'alcool* ».

« *Sauf si son projet est tombé à l'eau à la suite des contrôles sanitaires... On ne sait pas en fait où en est vraiment son dossier d'extension et de diversification* ».

---

[8] À un de ces moments : au revoir

« La suite nous dira ce qu'il en est. Par contre on a intérêt à aller vérifier auprès des services techniques de la Chambre d'Agriculture pour en savoir plus sur son affaire et surtout si le projet reste un projet viable ».

Les gendarmes rentrent au bercail. C'est l'occasion de faire le point du dossier avec les gradés.

Le juteux regarde sa montre.

Un mercredi, il est 17 heures 10…

Il faudra attendre le lendemain pour contacter les fonctionnaires… à cette heure-ci c'est fermé !

Quand le père Bataillon arrive à Jeansagnière, il va droit à la mairie.

« Bonjour Charlot ! Comment vas-tu bien mon gars ? ».

Charles Bonneton, le maire n'est guère surpris de voir arriver son vieux copain François.

« Ben François, tu penses bien qu'ça pourrait aller mieux. Et dis-moi, Marie Cécile elle tient le coup ? Et ta chérie elle est prête à aider vot' gamine ? ».

« J'suis venu c'est rapport aux bêtes de Monteil. Faut trouver une solution sinon elles risquent de crever car on sait pas quand il va revenir le gazier ».

« Ben on a vu avec les voisins. Antoine le fermier de la Combe et Arnest Clopin, tu sais le gars de la ferme d'à côté, ils ont dit qu'ils prenaient en main les choses le temps que l'on décide au niveau de la Chambre d'Agriculture et de l'assurance, des fois qu'on pourrait avoir un vacher, mais en attendant on a un accord momentané pour indemniser nos deux gars ».

« J'ai averti la laiterie pour un ramassage urgent demain après-midi. Donc t'inquiète pas et va rassurer tes femmes ».

« *Dis donc Charlot, qu'est-ce que tu crois qu'il lui est arrivé ? Y s'est barré après le départ de not' fille ? Il est parti se suicider ?* ».

« *Tu fais bien de dire ça. J'vais appeler les gendarmes pour savoir si dans la maison ils ont vu son arme de chasse. Cela pourrait donner une piste* ».

« *Mais y a Antoine de la Combe qui m'a dit que hier dans la matinée, il avait aperçu quelqu'un en discussion avec Kévin* ».

L'attention du maire d'un seul coup se fait plus soutenue. Il fronce les sourcils en demandant :

« *Tu dis une visite et une discussion. Sais-tu si la discussion était vive ou bien si c'était une conversation entre deux connaissances ?* » ;

« *Je ne peux pas répondre à cette question, il faudrait interroger l'Antoine. La seule chose qu'il m'a dit est qu'il avait juste entendu le bruit d'un moteur, à priori un diésel, et ce quelques minutes avant. Il n'a pas vu la voiture* ».

« *Il n'y avait pas repensé tout de suite, mais cela lui est revenu. Il m'a dit qu'il avait alors appelé les gendarmes pour leur indiquer* ».

« *J'ai pas de nouvelle de ce côté-là* » constate le maire.

« *Il a simplement vu de loin, un gars en tenue de ville, puis deux jours après un gars habillé en blanc et dans les deux cas Kévin qui faisait de grands gestes. Ils se dirigeaient vers sa stabulation* ».

« *Et ensuite, qu'est-ce qu'il a vu le gars de la Combe ?* ».

« *Non, non, c'est tout, pasqu'après il n'a même pas fait attention au départ du visiteur* ».

« *Il n'a pas vu la voiture ?* ».

« *Ben non* ».

« *Ta fille a pas parlé d'une modification ou de travaux ?* ».

« *Non mais... Par contre elle m'a dit qu'elle était inquiète parce qu'une lettre était arrivée, envoyée par les services sanitaires. On ne connait pas la teneur* ».

« *Ce soir, on peut pas appeler le service en question, c'est déjà fermé* » constate l'édile.

« *Charlot, moi j'pense savoir ce quoi il retourne. Marie Cécile a su qu'il avait engagé les démarches pour faire de la vente directe de viande de boucherie et de plats préparé* ».

« *Tu blagues ? * ».

« *Ben non, on en a rigolé car bourré comme il est le pus souvent on ne le voit pas devenir traiteur !*

« *Je vais me renseigner là-dessus* ».

« *Ouaie, tu m'diras* ».

« *J'te tiens au courant suite à mon coup de fil aux services de la chambre* ».

« *Alors Charlot, t'aurais pas un créneau un de ces jours avec ta bourgeoise. Faudrait venir faire un mâchon à la maison, ça dériderait mes deux femmes* ».

« *J'en parle ce soir et je te dis ça demain avec le résultat du coup de fil à la Chambre* ».

« *Portes toi bien Charlot. À un de ces moments mon vieux. Bise à la patronne !* ».

« *Merci. François, dis à tes femmes de ne pas s'inquiéter. L'affaire est en main. Et quant au disparu, Dieu sait ce qu'il a pu nous inventer celui-là* ».

« *A bientôt mon ami !* ».

Sur ce mot, François Bataillon retourne chez lui, rassuré pour les bêtes, pas rassuré plus que cela sur le sort du disparu...

Mais en chemin, il n'arrête pas de penser à cet homme. Bon d'accord il était peu fréquentable en fin de compte, mais bon c'était le copain de sa fille.

Même si cela fut bref, ce sont des instants qui compteront dans la vie et l'histoire de la famille.

Mais peut-on imaginer qu'il soit parti comme cela. François n'y croit pas.

A-t-il monté un stratagème pour punir Marie Cécile ?

En fait cette idée fait son chemin dans son cerveau.

Et quand le père Bataillon se gare dans sa cour, il en est pratiquement persuadé…

Mais ce n'est pas le moment d'effrayer ses deux femmes !

Le temps n'en fait qu'à sa tête

Jeansagnière le 14 novembre 2015.

On est toujours sans nouvelle de Kévin Monteil. Le gars s'est volatilisé !

Chez les gendarmes, on a déjà fait des recherches. Mais comment poursuivre et quelle direction donner à l'enquête. ?

Il est parti sans papier, sans argent, sans aucun moyen de locomotion.

En refouillant plus profondément son logis, force est de constater pour les gendarmes un autre élément troublant.

En cette période de froid, il semble bien que tous ses vêtements chauds soient pendus chez lui. Même ses chaussures d'hiver sont restées.

Le procureur a été informé.

Au début il pensait que le poivrot s'était perdu dans un bois à côté de chez lui et qu'il reviendrait quand il aurait cuvé sa boisson.

Mais rien ne se passe ainsi. Il faut se rendre à l'évidence. Pas de gars Monteil revenu au bout de 4 jours.

Et compte tenu du contexte de son exploitation, le procureur demande l'organisation de battues. Il aura le renfort du peloton départemental et tous les militaires vont ratisser.

Rares sont les habitants à se joindre à eux, à part le voisin Antoine et le père Bataillon.

Pendant ce temps, en accord avec le maire, il organise la survie des bêtes et de l'exploitation.

La coopérative est intégrée à la démarche. Le ramassage du lait est organisé comme avant et il est prévu le versement du prix à payer sur le compte que la banque a accepté de bloquer hors ces virements.

Sur place, la chambre d'agriculture a missionné un vacher pour s'occuper du troupeau momentanément. Antoine, le voisin, lui donne un coup de main.

La caisse locale d'assurances mutuelles agricoles a décidé de prendre ce budget en charge pour une durée d'une semaine.

La direction départementale prendra en charge jusqu'à 15 jours ensuite. Après il faudra aviser avec la direction régionale et la Chambre pour trouver une solution. Mais personne pour le moment n'imagine que la situation restera comme elle est et que le gars ne sera jamais retrouvé...

Pour les opérations de ratissage, un plan est établi. Elles auront lieu en élargissant le domaine inspecté au fur et à mesure.

La première journée ce sera la forêt la plus proche. Les bois de l'Écléra sont passés au peigne fin malgré les premières neiges venues recouvrir les traces éventuelles. Le chien de la brigade cynophile ne dépasse pas la route et ne suit aucune piste dans le bois.

On passe ensuite au bois de la Sepère.

Rien non plus.

Ah mais si !

On découvre une carcasse de biche à qui on a découpé les pattes. Le reste est enfoui sous des branchages dans une petite combe.

Encore les méfaits des braconniers... Le dernier qui a été pris, c'était l'an passé. Il abattait des animaux et revendait la viande à un restaurateur stéphanois ne regardant pas la provenance de la chose !

On élargit ensuite le terrain des recherches. On passe au bois de l'Éversin.

Rien.

Et la neige tombant maintenant à gros flocons, c'est la recherche d'une aiguille dans une botte de foin. Il n'y a plus d'indices de passage et il faudrait en fait tomber juste sur le corps...

Une chance sur combien ?

Encore faut-il qu'il soit mort dans un de ces lieux et non pas parti faire son alambic interne dans une autre région...

Le procureur demande à une équipe spécialisée des pompiers de Montbrison d'aller sonder les puits avoisinants.

En premier celui de la ferme de Monteil. Mais il n'y a rien.

Alors on passe en revue ceux des fermes de la Gaile, la Bonne, le Riondet, la Roche, le Quartier...

Les pompiers font chou blanc et pourtant Dieu sait la somme d'efforts consentis.

Où chercher ?

De mon côté, je suis les recherches en demandant chaque jour les nouvelles à la brigade de Saint Georges. Je demande aux pompiers de Montbrison. Personne ne peut me donner un seul petit élément d'information.

J'en suis à alimenter la chronique des faits divers avec des suppositions, voire des idées farfelues pour tenir le lecteur en haleine.

Je décide d'aller faire un reportage sur place et ainsi de recueillir les avis des personnes rencontrées.

Je sais que le parcours ne sera pas facile avec le mauvais temps. Diantre, il neige et le vent vous fouette le visage…

Surtout ne pas oublier parka, gants et bonnet !

Et bien entendu quand on monte à Jeansagnière, l'endroit d'enquête qu'il faut privilégier est le bistrot de Rose.

Quand j'entre, je fais venir avec moi des volutes de neige que la bise envoie en tourbillonnant.

Brr ! Il fait froid dehors. Et surtout qu'il fait bon dedans !

« *Bonjour ! Qu'il fait bon ici ! Parce que dehors, comme on dit c'est aller à misère !* ».

« *Bonjour monsieur* » répond la tenancière.

Et le père Dufoix, fidèle au poste, attend la fin de son gorgeon pour ne pas s'étouffer avec une goutte dans le mauvais trou, avant de lancer :

« *Bonjour. Alors vous avez affronté le mauvais temps ? Faut quand même que vous ayiez b'soin de quelque chose pour venir jusque-là. On n'a vu personne depuis deux jours* ».

Et particulièrement en verve, avant que je ne dise quelque chose, il poursuit :

« *Ça me rappelle l'hiver 56 pis l'hiver 82. En 56, mon puits avait gelé et pourtant l'eau était basse à 15 mètres. Il a fait moins 28 pendant une semaine et il avait neigé juste avant. Plus d'un mètre devant l'église !* ».

Un bref instant pour respirer, et il continue.

« *Ouaie mon bon monsieur. Et tout partout le jardin, les champs, tout était gelé sur une grande profondeur. Il faudra facile tout un mois pour que ça fonde avec le soleil. Alors j'vous dit pas ! Sur les routes tout pétait. Les chaussées se fendaient, le macadam sautait. Une galère je vous dit ».*

« Pis en 82, on a surtout eu de grandes quantités de neige ».

« À la Loge il a eu plus de 2 mètres ! Aux services techniques, y a des gars qui travaillaient en se déplaçant en skis. Et la route du col était fermée à partir des Logettes ».

« Alors c'est pas la petite bise du jour qui va nous faire pâtir ! ».

« Bon père Dufoix, si vous lui laissiez un peu la parole. Monsieur le journaliste qu'est-ce qui nous vaut votre visite ? Voulez un petit quêque chose de chaud ? » s'exclame Rose.

« Oui volontiers. Si vous aviez un bon chocolat chaud, ce serait pas de refus ».

« Sinon, je cherche des gens qui pourraient me dire ce qui se passe au Trêve. J'irais voir à la mairie dans la journée, mais j'aime bien commencer en prenant le pouls des gens dans la commune».

« Pour le Trêve, on n'sait pas grand-chose » laisse tomber le père Dufoix.

« Si vous voulez en savoir plus, il y a deux personnes à interroger en plus du maire » dit alors la patronne.

« Oui Antoine de la ferme d'à côté et François Bataillon, le père de l'ancienne copine du disparu ».

Quand arriva le chocolat fumant, la conversation vint immanquablement sur ce maudit temps d'hiver.

Je me dis que je ne vais pas en tirer plus de mes deux interlocuteurs. Alors j'avale ma boisson bien chaude et salue la compagnie.

Je me dirige vers la cure, mais le prêtre n'est pas là.

Je croise quelques rares passants pressés de rentrer au chaud et je ne trouve personne pour me donner une bribe d'un début de piste pour un reportage.

Je quitte le village et plonge vers Chalmazel.

La descente depuis le col de la Croix Ladret est à faire avec grande prudence, la route est totalement verglacée et la bise est violente par endroit. Des congères se forment dans certains virages…

Un tour à la boulangerie. Gertrude ne sait rien et n'a rien entendu concernant l'affaire du Trêve.

Elle a lu le journal comme tout le monde et ne peut donc m'en apprendre davantage.

Je fonce me réfugier au chaud au Bar de la Soif.

Monmond m'accueille avec son sourire habituel.

Il ne peut rien me dire que je ne sache déjà sur notre disparition.

Je lui commande un nouveau chocolat chaud. Je n'arrive pas à me réchauffer.

La porte d'ouvre et une silhouette voutée passe la porte et referme prestement derrière elle.

La voilà qui se secoue et qui balance des flocons partout.

C'est le père Goutorbe qui vient d'entrer.

Il est venu chercher du pain et ne peut pas repartir braver les éléments sans mettre de l'essence dans son moteur !

« *Monmond un pastis sinon je meurs de froid bon Diou* ».

« *Salut Joannès, comment ça va bien ce matin* » répond le bistroquier qui s'affaire déjà à satisfaire la demande.

« *Ah bonjour mossieur le journaliste* » me décroche le vieux qui vient seulement de m'apercevoir. Puis il enchaine :

« *Y a t'y un aut' meurtre à ce moment que vous v'nez enquêter. D'ailleurs pour le Trêve vous avez pas des informations nouvelles ? »*.

« *Ah ça tombe bien ! J'suis venu pour vous interroger sur le disparu et sur ce que vous savez de son exploitation »*.

« *Tout ce que je sais, c'est que c'était un poivrot et en plus il oubliait fréquemment de payer ses consommations »* dit de suite le patron qui ajoute :

« *J'ai su qu'il avait fait une demande aux services sanitaires pour faire de la vente directe »*.

« *Je me demande quand même comment il pourrait faire avec le taux d'alcool régulier qu'il a dans le sang ! Y a des jours où y peut même pas arriver jusqu'à sa maison et y cuve dans les fossés...»*.

Le père Goutorbe opine en plongeant ses lèvres dans son pastis. Il s'est fait servir avec un glaçon, ce qui m'a surpris pour quelqu'un qui voulait se réchauffer.

Monmond continue.

« *On m'a dit que les services sanitaires sont venus plusieurs fois avant sa disparition. Sûr que les flics vont regarder cela de près »*.

Le vieux se tourne vers moi et m'interroge :

« *En parlant de service sanitaire, faut que j'aille à la pharmacie. J'ai comme qui dirait un furonque sur le genou »*.

« *Faut qu'je descende à Sail ! En r'partant c'est'y sur vot'route mossieur l'journaliste ? »*.

« *Si oui au r'tour je prendrai le car qui vient de Boën tous les soirs »*.

« *M'sieur Goutorbe, ce sera avec plaisir, mais il faut que je passe par Sauvain avant. Et j'y casserais la croûte* ».

« *Si ça vous dit je vous invite ? Vous serez à Sail avant 4 heures. Donc pas de problème pour votre car de retour* ».

« *Parfait !* » et d'un geste assuré et expérimenté, il lampe son pastis, se fait claquer la langue et repose son verre vide.

Arrivent un peu essoufflés, le duo Titide et son frère Neness.

Ils ont fait vite, l'heure habituelle du pastis étant passée.

« *À la compagnie ! Mpf...* » pour Néness le plus prompt.

« *Bon Diou, il fait ben bon dans vot' boit d'bout* [9] *mon cher Monmond !* » ajoute Titide qui grelotte et se souffle dans les mains.

« *Salut les jeunes* » s'exclame Monmond.

Ils viennent s'installer à côté de nous en rapprochant les tables.

Je les questionne. Néness n'a rien à dire.

Par contre Titide se penche vers nous, de la main nous fait signe de nous rapprocher car il va parler tout bas.

« *J'vais vous dire moi. L'gars du Trêve, en fait, il est ben connu sur le plateau* ».

« *Il a des tas d'histoires à son actif. Il avait été soupçonné d'avoir essayé de cambrioler une maison, rue des Sagnes. Pi, il a été l'objet de nombreuses remontrances des gendarmes* ».

« *Il a même été se bagarrer à La Chambonnie avec un jeune qu'on a retrouvé à Olliergues un peu mâché de partout avec les gnons que lui avait asséné l'gars qu'vous cherchez ...* ».

---

[9] Boit d'bout = boit debout = bar où l'on est servi au zinc

« J'crois ben qu'c'était pour une histoire de fesses ».
« Un gars pas fréquentab' moi j'dis ! ».
Je demande si les gendarmes sont au courant.

De l'avis unanime de mes trois vieux, ceux de Saint Georges qui enquêtent sur la disparition, ne doivent pas connaître cette histoire banale de poivrots gérée par les militaires d'Olliergues, peut être en lien avec Noirétable...

« Ça vaudrait peut être le coup d'en parler aux enquêteurs » dit Monmond qui est venu écouter.

« Moi, je vais laisser entendre dans mon article qu'il y des affaires traitées par les gendarmes auvergnats... On verra si ça fait réagir ».

« Fouilla [10]*... J'sais pas si j'vieillis, mais j'arrive point à me réchauffer ! »* dit Titide en se soufflant dans les mains.

C'est Monmond qui s'insinue dans notre échange pour dérider l'atmosphère et le voilà qui nous conte l'histoire du jour.

« Vous savez, c'est un vieux monsieur qui entre dans une pharmacie.

« Est-ce que vous vendez des béquilles ?

« Oui, répond le pharmacien. Béquilles simples, doubles, avec ou sans ressorts...

« Très bien. Et des fauteuils roulants ?

« Aussi. Avec ou sans moteur, nous avons différents modèles.

« Et des appareils de surdité ?

« Certainement. Nous avons toute une gamme d'appareils auditifs.

« Et des couches contre les fuites urinaires ?

« Bien entendu.

---

[10] Fouilla = Oh là là !

81

« *Ah, c'est parfait, absolument parfait... Je vais déposer ma liste de mariage chez vous !* ».

On paie nos boissons dans une belle rigolade et l'on sort. Direction Sauvain.

Arrivés sur place, on va tout droit vers le Bistrot Sauvagnard.

Les professionnels du zinc sont là, de La Craie au Trou en passant par le père Anselme accroché solidement à son verre de simba qu'il repose vide. Un coup de barrette et au revoir, le curé sort.

« *Bonjour, bonjour !* » imité que je suis par le vieux « *à la compagnie !* ».

Jean Lepont est le plus prompt.

« *Bonjour les jeunes !* ».

« *Bonjour mossieur l'écriveur, bonjour mossieur* » salue La Craie alors que Le Trou juge inutile d'en rajouter, les autres ont déjà tout dit !

Entre alors la femme du patron.

« *Bonjour messieurs. Vous êtes sur les routes par un temps pareil. C'est guère prudent vous savez* ».

« *Micheline, tu ne trouves pas qu'il sont assez vieux pour savoir ce qu'ils ont à faire : hein ?* ».

« *Et bon qu'est-ce qu'on vous sert ?* ».

« *V'nez donc vous installer à not'table* » nous invite La Craie.

« *Madame Lepont votre si bon gros campagne avec une bière s'il vous plait. Et vous père Goutorbe ?* »

« *Je ne sais pas ce que c'est mais c'est sûrement bon ! La même chose* ».

Installés, je fais part de ma démarche et du peu d'informations recueillies sur l'affaire du Trêve.

J'ai beau questionner… Je ne récolte rien de nouveau.

« *On a du vous dire tellement de fois que le gars en question était un poivrot de première classe* » dit Jean aussitôt repris par sa femme :

« *Pourquoi était ? Hein comme si tu savais qu'il est mort ! C'est-y quand même pas toi qui l'a occis le gazier ?* ».

La Craie immédiatement saute sur l'occasion :

« *C'est ben vrai* ».

« *Y a une quinzaine, que l'on t'a vu. Tu transportais dans ta bagnole un vieux tapis roulé... Avoue qu't'avais un corps dedans et qu't' as été à la gandouze [11] ? Hein soit franc mon Jean !* ».

Appuyé par Le Trou :

« *Même que le soir on t'a vu laver l'intérieur de ta voiture... Tout par un coup [12] j'me dis qu'c'est toi. Pour la peine amène nous donc un aut'pastis* ».

« *D'habitude, j'ne sers pas aux guenilles [13], mais pasque vous êtes de vrais amis, j'vas faire exception bande de gougnafiers !* ».

Et c'est la rigolade quand nous attaquons avec le père Goutorbe la fin de notre sandwich XXL.

Nous voilà bien calés !

« *Un café s'il vous plait* »

« *Oui moi aussi* » ajoute mon co-pilote.

Et nous voici bientôt en train de descendre tranquille vers la vallée. Traversant Saint Georges en Couzan, il n'y a pas âme qui vive dehors, comme bien souvent.

Arrivés à Sail, je fais le petit détour vers l'ancienne source et dépose mon vieux qui se fend de mille remerciements.

---

[11] Gandouze = décharge
[12] Tout par un coup = tout à coup
[13] Guenilles = personnes méprisables

Dès mon arrivée je m'attelle à mon écriture.

J'envoie ensuite au journal par mail. Et la soirée se termine tranquillement au chaud, même si dans la vallée il fait bien meilleur que sur les hauteurs.

Je travaille sur divers dossiers et je pars au journal en début d'après midi pour faire un point sur les reportages divers souhaités par le rédacteur en chef.

J'aime bien cette façon de travailler.

J'écris sur des thèmes à la demande. Je peux être des semaines sans sollicitation et d'autres fois l'actualité fait que l'on me commande plusieurs articles à la fois pour sérier des sujets relatifs au fait divers en question.

Quand je sors du bureau du chef, Angèle, la bien aimée assistante m'interpelle.

« *J'ai la gendarmerie de Saint Georges au fil. Ils voudraient te parler* ».

Je prends le bigophone.

« *Allo* ».

« *Oui bonjour. Ici la gendarme Charbonnier de Saint Georges.* »

« *Oui bonjour* ».

« *Vous avez écrit un article paru ce matin laissant entendre que le disparu, Kévin Montiel, avait eu des bagarres dont une sérieuse à la Chambonnie. Vous détenez ces informations d'où ?* ».

« *Eh bien je peux vous dire que plusieurs personnes de Chalmazel m'en ont parlé. Il faudrait que vous regardiez du côté de vos collègues d'Olliergues* ».

« *Vous pouvez m'en dire plus ?* ».

« *Je n'indique jamais mes sources, mais je vous conseille d'enquêter de ce côté-là* ».

« *Bon, merci quand même. Au revoir monsieur* ».

« *Au revoir madame la gendarme* ».

Et pendant que je rentrais au bercail, à la gendarmerie de Saint Georges en Couzan Lolita rendait compte au lieutenant.

« *Mon lieutenant. Pour l'affaire du Trêve, il y aurait une piste du côté de La Chambonnie* ».

Et elle raconte ce que je lui ai dit en plus de mon article.

Le lieutenant demande immédiatement à interroger les collègues et informe le bureau du procureur…

Et si cette disparition n'était ni accidentelle ni volontaire ?

La Mouche est chargé du contact avec les collègues d'Olliergues.

« *Allo !* »

« *Oui, bonjour. Ici le gendarme Terrade de la brigade de Saint Georges en Couzan* ».

Et le voilà qui explique les raisons de son appel.

Le brigadier-chef Lafeuille connait le sujet.

Immédiatement il est en mesure de donner toutes les informations souhaitées.

En fait il y avait bien eu une bagarre à la Chambonnie. Un des gars avait été retrouvé sur la place d'Olliergues, adossé à une voiture, et à moitié dans les vaps…

Il avait réussi à venir en voiture jusque-là.

Il avait longuement été interrogé pour savoir ce qui lui était arrivé.

« *Et l'enquête a donné quoi ?* ».

« *Rien* ».

« *Comment cela rien ?* ».

« *Simplement parce que le gars a refusé de porter plainte* ».

« *Et le notre de gars, il a disparu. Pensez-vous que cela puisse être à la suite de représailles ?* ».

« J'en sais rien. On regarde cela de près et je vous rappelle ».

« Merci ! Au revoir ».

« Salut ! ».

Il faut maintenant attendre la réponse de la brigade auvergnate.

Le lieutenant Barnot se dit qu'il faudrait savoir si la gendarmerie de Noirétable était au courant de cette bagarre sur leur circonscription. Il charge Lolita de prendre les contacts.

« Allo ! Gendarmerie de Noirétable. Gendarme Blanchard à l'appareil ».

« Bonjour Barbie ! C'est Lolita de Saint Georges. Comment vas-tu bien au jourd'hui ? ».

« Couçi, couça. Figures-toi que j'me suis fais un mal de chien à une main en attrapant un veau sorti sur la route de Vollore ».

« T'es pas arrêtée ? ».

« Le chef a dit qu'étant droitière et que c'est la gauche qu'est touchée, je peux au moins être de garde ! Et pis je préfère car je m'emmerde toute seule dans ma cagna ! ».

« Alors je t'appelle au sujet de ... ».

La discussion s'engage. Barbie a eu connaissance de cette bagarre car les gendarmes avaient été appelés par une femme témoin de l'échange de coups ayant lieu devant chez elle.

À leur arrivée sur place, les deux protagonistes s'étaient envolés. Aucun élément ne fut retrouvé, ni aucun signalement ne permettant d'identifier qui que ce soit. L'affaire n'avait pas eu de suite.

« Moi Lolita... Mon Lieutenant, rien à tirer de Noirétable. Pas de dossier, rien ».

Le temps abominable

Chalmazel, le 12 février 2016.

Un bruit couvre tout le paysage, écrasant tout. Pas un bruit de route, pas celui d'un oiseau, pas un seul bruit est audible sous le hangar. On se trouve à la scierie de Chalmazel, au lieu-dit Cavant, et là fonctionne une énorme scie dans un vacarme étourdissant au milieu des volutes de sciure.

Pendant que deux collègues écorcent des troncs au fond du stockage, invisibles depuis les bureaux et le hangar principal, sous ce dernier la scie circulaire avale tout ce qu'on lui présente.

Un ouvrier y tronçonne des grumes.

Il s'agit de Mathieu Bonnin, un jeune de pratiquement une petite trentaine d'années. Il habite dans un hameau de Chalmazel, au lieu-dit Nermond.

Il est en plein travail, attentionné à ce qu'il fait, d'autant qu'il ne faut pas faire de bourde avec une machine aussi dangereuse que la grande scie.

Il se protège avec une paire de gants de sécurité, il porte des lunettes et un casque antibruit par-dessus une casquette pleine de poussière, de sciure en fait.

Le patron est à la clinique du bon repos à Montbrison pour rester au chevet de sa femme malade d'une très mauvaise grippe tombée sur les bronches.

En ce vendredi matin, il est loin d'imaginer ce qui se trame dans son établissement…

En retrait, caché derrière des stocks des planches, quelqu'un observe le scieur. Cette ombre n'est pas visible non plus des deux gars faisant l'écorçage.

La scie avale l'énorme tronc poussé par le chariot électrique. Insensiblement elle avance. Mathieu est posté le long du tronc à un petit mètre de la lame mangeuse de bois.

Un observateur ne trouverait rien d'anormal à la scène, jusqu'à ce que…

On voit le scieur vaciller, tomber en avant sur l'arbre juste devant la scie. Avant qu'il ne puisse réagir, il est projeté par le mouvement du bois qui avance.

Le moteur du chariot continue sa course. Il ne s'arrêtera que par suite d'un arrêt manuel d'urgence soit en arrivant en butée de sa course.

Le témoin, depuis son poste derrière les piles de planches, voit que la sciure projetée devient rouge sang…

Il voit le corps qui se tasse sur les genoux et qui, comme s'il dégoulinait, tombe à terre de ce côté du tronc qui continue d'avancer.

Et du sang gicle de son cou avec force jet…

Notre ouvrier est décapité. La scie est pleine de sang.

C'est un spectacle abominable qui se donne au témoin toujours caché.

Il attend un instant. La scie s'arrête enfin quand la planche est totalement sciée.

Le silence plonge brutalement sur la scierie et sur son drame.

L'homme sort de sa cachette. Discrètement en veillant à ne laisser aucune trace, il se dirige vers les bureaux et passe une paire de gants avant de toucher à la poignée de la porte.

Il y rentre.

Il se saisit du combiné téléphonique.

Il compose le numéro de la gendarmerie et tenant son mouchoir devant la bouche :

« *Oui allo, gendarme Pardon à l'appareil* ».

« *Oui venez à la scierie de Cavant. Il y a eu un accident très grave* ».

Et avant que le gendarme ne puisse poser la moindre question, l'homme raccroche. Il sort, évite toujours d'être aperçu par les ouvriers, monte sur son vélo et rejoint la route. Il range son deux-roues pliant dans le coffre et part le plus silencieusement possible en direction de Sauvain.

Il s'arrête au Bistrot Sauvagnard. Il demande un café et interroge le patron :

« *Savez-vous si le Crédit Agricole est ouvert à Chalmazel aujourd'hui ?* ».

Lepont le sert. Il appelle Micheline, et ajoute :

« *Mon cher monsieur il faut demander à la trésorière maison. Oui Mimiche, le monsieur demande si tu sais si l'agence du crédit à Chalmazel est ouverte en ce moment ?* ».

« *Oui ce matin jusqu'à 12h30* ».

Et le visiteur avale son café et :

« *Merci à tous les deux. Faut que je me presse pour être sûr que ce soit ouvert* ».

Il laisse quelques pièces sur le zinc, largement au-dessus du tarif pratiqué et sort.

Le Trou est attablé comme à l'habitude devant son demi de bière.

Il rigole en voyant le gars partir aussi vite.

« *On dit que l'argent brûle les doigts. Mais là lui, il lui brûle le cul sapristi ! Et pis avec ces gars d'aujourd'hui, il faut toujours aller de plus en plus vite. Mon copain*

Martin, au régiment, disait toujours qu'il faut pas s'émoyer avant qu'il soit temps ! J'me suis toujours dit qu'il fallait suivre son conseil ! ».

Jean sourit en se disant que ce touriste avait besoin de liquide et de toute urgence manifestement...

Sur la route notre homme dépasse le lieu-dit de la scierie quand il croise la voiture bleu, gyrophare allumé... Les gendarmes arrivent... Ils vont avoir du travail pense-t-il en souriant...

Effectivement, au premier regard, Lolita ne cache pas son dégout et le fait qu'elle a le cœur et l'estomac en même temps remontant dans la bouche.

Quelle horreur.

La Mouche est aussi très secoué par ce qu'il voit.

A priori c'est un accident. Le gars a dû avoir un malaise.

Il appelle la brigade. Il faut des renforts, une ambulance des pompes funèbres, les pompiers éventuellement si des choses sont à déplacer, et le médecin pour le constat.

En attendant, Lolita tire des rubans de délimitation de scène d'enquête.

Ils attendent l'arrivée de tout le monde. Ils questionnent les deux ouvriers qui ont fini leur écorçage en entendant l'arrivée des gendarmes et du deux tons.

Et là les constations commencent.

Du sang projeté. Une lame qui a tourné jusqu'à sa butée.

La tête est dans la sciure de l'autre côté du tronc à découper.

Lolita dit aux pompiers :

« *La sciure de la guillotine vous ne trouvez pas* ».

Le plus incongru est cette tête qui a toujours la casquette, les lunettes et le casque anti-bruit…

On voit un rictus sur le visage de ce mort qui fixe au loin de ses yeux sans vie.

La gendarmerie examine les lieux avec tant de minutie qu'à un moment on trouve un objet bizarre. Oui dans la sciure. Un cavalier métallique tout neuf. Il y a du sang dessus, mais est-ce étonnant dans cette scène rougie de partout.

La seule chose à remarquer, tout à fait incongrue en ce lieu est la présence de ce crochet métallique. On le relève et il est stocké dans un sac d'enquête pour analyses.

La médecin de Chalmazel qui a arrêté les consultations à son cabinet arrive sur place.

La docteur Groux examine d'abord le corps et plus précisément le cou.

Section franche et nette. Coup de scie circulaire sans nul doute.

Puis elle retire les lunettes, le casque et la casquette.

La tête montre une plaie seule au niveau du cervelet, donc juste sous la casquette qui elle est intacte, sale et poussiéreuse mais intacte.

C'est une plaie minuscule. Comme le choc d'une grosse éclisse de bois.

Il semble qu'il y ait eu un choc.

Est-ce dans la chute ?

Est-ce avant l'accident ?

Ou y a-t-il un tiers en cause ?

Elle a un doute qu'elle partage avec les gendarmes. Elle refuse le permis d'inhumer et rédige une demande circonstanciée pour des examens approfondis et particulièrement ceux de la boîte crânienne. Le légiste dira aussi si des coups ont été portés à d'autres parties du corps.

Puis le corps est chargé, les lieux sont nettoyés par les pompiers, le médecin rejoint son cabinet et les gendarmes leur brigade…

Tous, sauf Lolita et La Mouche à qui le lieutenant a donné une mission par téléphone. Il leur faut recueillir des informations dans le bourg de Sauvain puis dans celui de Chalmazel sur un quidam ou un véhicule suspect.

Ils décident d'aller d'abord à Sauvain. Ils pourront se remettre de cette horreur, et à l'occasion se remplir l'estomac bien torturé par ces visions sanglantes.

Et ils entrent au Bistrot Sauvagnard quand Le Trou est sur le point de sortir.

Il y a Le Naze qui vient pour son verre habituel de fin de matinée.

Un ouvrier de la laiterie est là pour plusieurs sandwiches qu'il va rapporter aux collègues pour le casse-croûte.

Le Trou les salue en premier :

« *Alors comment va bien la maréchaussée aujourd'hui ?* ».

« *Très mal* » dit simplement La Mouche.

« *Une horreur* » ajoute Lolita…

Voilà de quoi scotcher sur place notre ami sortant.

« *Vous avez vu not' centenaire, le père Loiseau, tout nu au milieu de la route ?* » ajoute de suite notre homme toujours si curieux.

« *Il voulait danser la lambada avec madame la gendarme et elle a pas voulu… Alors il a lancé des injures si terribles que même les gendarmes ne les connaissaient pas ! Ah c'est ben dur vot' métier !* » ajoute Le Naze.

« *Oh non, moi j'aime la lambada* » répond Lolita qui veut ainsi changer de conversation.

Mais elle est rattrapée par son auditoire qui veut en savoir plus.

La Mouche se dévoue.

« *Il y a eu un accident terrible à la scierie de Chalmazel. Un gars s'est fait couper en deux par la scie circulaire* ».

« *Le patron avait besoin d'employé, alors avec un, il en fait deux tout simplement. Qu'est-ce que je vous sers pour vous remettre madame monsieur ?* » lance le patron.

« *Vos sandwiches-campagne et une bière ce sera bien* » dit la jeune femme.

« *C'est laquelle de scierie ? Cavant ou la Gouerie ?* » interroge Le Trou.

« *Cavant* ».

Micheline qui vient d'entendre la fin de l'échange entre avec deux sandwiches.

Avant qu'elle ne puisse dire quelque chose, Lolita s'exclame :

« *Mais madame Lepont, j'ai demandé un sandwich, pour moi toute seule, pas pour toute la brigade ! Vous avez vu la grosseur !* ».

« *Mangez ce que vous avez de trop d'abord. Alors y aurait du sang à Cavant j'ai entendu ?* ».

« *M'en parlez pas* » répond La Mouche qui attaque son casse-croûte géant, apparemment sans que la dimension ne le rebute.

Jean le patron, demande alors :

« *Bon maintenant on les laisse manger, et on ne parle plus de çà !* ».

Le Trou, voulant toujours avoir le dernier mot, grommelle en sortant :

« *Pourtant une bonne mouillette dans un bol de sang, çà doit être bon ! À un de ces moments !* ».

Le silence va s'installer dans la salle. Micheline, Le Naze et le patron observent les deux militaires plongés dans leurs souvenirs. Sûrement de quoi faire des cauchemars cette nuit !

Après le en-cas, les gendarmes interrogent.

« *Avez-vous vu une voiture avec une ou plusieurs personnes à bord arriver rapidement de Chalmazel ?* ».

« *Avez-vous observé des personnes à l'allure louche, ou ayant un comportement anormal dans la matinée ?* »

Pour les trois interrogés, non, rien à signaler.

Puis les bleus paient et sortent dans le silence pesant du bistrot.

Ils reprennent leur voiture et prennent la direction de Chalmazel.

En passant devant Cavant, un frisson court dans le dos de nos deux enquêteurs.

Ils arrivent et stationnent sur la placette devant le château. Direction le Bar de la Soif.

Au bistrot la chose avait déjà fait l'effet d'une bombe. Les ouvriers de la scierie, mis en disponibilité par leur patron revenu en urgence en fin de matinée, sont très vite passés là. Ils avaient besoin d'un remontant. Et ils avaient largement commenté le fait divers et les horreurs qu'ils venaient de vivre.

Il y avait Titide et son frère Néness, prenant leur apéro quotidien avec le père Goutorbe.

Ce trio était pour le patron Monmond, une source permanente de revenu et de rigolade. Car les trois vieux ne manquaient pas d'idées, plus farfelues les unes que les autres…

Les voilà qui commentent les dires des ouvriers.

De source sûre Titide savait que le gars coupé en tranches était un sacré numéro. Il connaissait bien les parents qui avaient été de longues années les garagistes du village jusqu'à la fin de l'an passé.

« *Il était bizarre ce gars. Il voulait toujours épater la galerie. Il faisait des numéros de voltige, mais tout autant des numéros de prestidigitation* ».

« *Ouais et même qu'un jour il avait voulu se faire enfermer dans une caisse remplie d'eau, pieds et mains attachées... Ben heureusement que le couvercle n'avait pas été cloué, sinon il aurait fait le poisson mort au lieu de faire le détaché du bocal !* » ajoute Néness.

« *Mais non les amis. Il était en train de fabriquer un cercueil et pour utiliser moins de bois, il a voulu mesurer combien ça faisait un bonhomme coupé en morceaux... Il avait pas compris que c'était lui la rosette qu'il allait découper ? Faut dire qu'il était un peu niais le gars* » » est la raison qu'avance le troisième compère.

Monmond trouvant là de quoi rigoler un peu malgré le sérieux de la chose, relance les deux frères.

« *Ben et comment çà c'est passé d'après vous ?* ».

« *Ben hier soir à la télé y avait un vesterne. Ben il a monté sur la bille de bois comme si que c'était un taureau sauvage* » répond de suite Titide.

« *Tu te goures. C'était ben pis. C'était un bison* » reprends le frère.

Les gendarmes arrivent au moment de cette phrase.

« *Bonjour la compagnie !* » lance La Mouche.

« *Itou ! Alors vous chassez le bison dans la plaine du Forez maintenant ? Deux cafés serrés s'il vous plait* ».

Le père Goutorbe après les salutations d'usage :

« *Non, non. Mais on sait comment l'accident de Cavant a eu lieu !* ».

« *Ah vous êtes déjà au courant. Bon et alors comment ?* ».

« *Ben il imitait Georges Ouenne* ».

« *Qui ?* »

« *Ben l'acteur. Celui qu'on a vu à la télé hier au soir* ».

Les deux militaires ont du mal à suivre.

« *Expliquez-nous* ».

« *Ben, quoi, le vesterne avec Georges Ouenne, Oui ? comment c'est déjà ? Oui lardons bravos* ».

« *John Wayne dans Rio Bravo vous voulez dire ?* ».

« *Vous chipotez enfin. Rio, rillauds, lardons c'est kif kif !* ».

Titide ne laisse pas son copain dans l'embarras.

« *Ouais. Même que vot'gars était monté sur son cheval fougueux. Et v'là qu'il avait devant lui une horde de bisons chassés par les indiens Commandes. Il ne voyait que cela il a pas vu la scie. Couic !* ».

« *Voilà une enquête vite bouclée. Si vous avez besoin de conseils vous nous demandez !* » termine le vieux Joannès.

« *Mais père Néness, c'est les Comanches les indiens, pas les commandes* » rectifie Monmond.

« *Ben en parlant de commande, remet nous le frère jumeau de celui-là* » en désignant le verre vide devant lui…

Inutile de dire que les 4 hommes n'ont rien vu, ni rien entendu de bizarre dans la matinée.

Ce n'est pas là que les enquêteurs vont trouver quelque chose.

Ils tentent une dernière :

« *Savez-vous si le gars avait des ennemis, s'il avait des histoires, s'il y a avait eu une bagarre avec lui ?* ».

Et en fait tout le monde connaissait de lui une inimitié particulière. Oui le gars Mathieu avait des relations très tendues avec un gars de Sail sous Couzan.

Lors du bal du 14 juillet à Boën, ils s'étaient bagarrés pour les beaux yeux de Madeleine, la fille du Pharmacien de Sail.

Depuis ils ne manquaient pas de se faire régulièrement des vacheries d'après Monmond.

« *Ouaie ! Se crever les pneus, se rayer la carrosserie de la voiture, colporter des informations désobligeantes sur leurs familles, tout y passe et dans des petits pays comme ici, cela chemine et chaque jour se renforce un peu plus. Une querelle de coqs, j'vous dit* ».

« *Et vous pensez que cela pouvait conduire à un meurtre ?* ».

« *Ben non, et pis on ne sait pas si c'est un meurtre. D'autant qu'un meurtre dans notre pays, il n'y en a pas eu depuis l'assassinat de Rose la couturière de Sauvain ...* ».

Les gendarmes notent. Ils prennent le nom du gars de Sail et tirent leur révérence.

Les gendarmes finissent en allant questionner Gertrude à la boulangerie et Nénette à l'épicerie.

Pour la première, le seul indice recueilli est que notre mort, le Mathieu en question, elle l'a vue le matin même.

Il a l'habitude de venir chercher le pain de son casse-croûte tant pour le matin que pour l'après-midi. Elle sait qu'il emmène toujours avec lui de la charcuterie pour accompagner son pain blanc.

Et même que Mathieu lui a précisé qu'il allait être le chef toute la journée. Le patron devait être auprès de sa femme hospitalisée…

Les militaires lui apprennent la mort brutale du jeune homme. Elle éclate en pleurs au moment où la maréchaussée la quitte.

Nénette quant à elle est déjà au courant. Les mystères de la communication souterraine dans les petits villages…

Non elle n'a rien vu ni rien entendu.

Toutefois elle a en tête la visite d'un gars, il y a bien une quinzaine de jours. Il avait demandé si Mathieu était client ici pour lui organiser une surprise à son anniversaire.

« Cela m'a étonné, mais les gens sont tellement bizarres. J'y repense seulement maintenant ».

Les gendarmes notent en se disant que cela pouvait correspondre au belliqueux de Sail.

En montant en voiture, Lolita laisse tomber :

« En fait le gars c'est pas un cow-boy mais une ombre que la majorité du village n'a pas vue ».

Le temps des terribles surprises

Jeansagnière, le 13 mars 2016.

Une alerte est déclenchée par le vacher qui travaille toujours sur l'exploitation du Trêve.

Il appelle le voisin Antoine.

« *J'ai un souci. L'installation du gaz ne fonctionne pas. Pourriez-vous me donner un coup de main pour comprendre la panne ?* ».

Et Antoine accourt, se demandant bien ce qui allait encore se passer dans cette ferme.

Le voilà maintenant qui inspecte l'installation de méthane avec le vacher.

Au bout d'un moment, une seule solution : le moteur de la pompe a grillé. Il n'y a pas eu d'orage ces temps-ci, donc ce n'est pas là la cause. Le moteur est récent. Il faut avertir un dépanneur.

Antoine s'en charge et laisse le vacher continuer à s'occuper des bêtes.

Devant la surcharge de travail, le dépanneur ne pourra pas venir avant deux jours, au plus tôt le vendredi 18, sinon le lundi 21.

Antoine en informe le maire qui renvoie la chose immédiatement à la chambre d'agriculture. Le moteur étant sous garantie, il n'y aura pas de problème pour déterminer qui prendra en charge l'opération.

Je ne sais pourquoi, mais le samedi, j'ai eu une envie irrésistible de venir fouiner autour du Trêve…

A mon arrivée, tout semble paisible. Je discute un moment avec l'ouvrier, puis je croise le voisin. Les deux me disent être toujours sans nouvelle de Kévin, et que tout va bien sur la ferme à part la panne du moteur de la pompe à lisier.

Ne voyant rien de plus à glaner, je décide de monter chez Rose.

Et là, devinez qui je trouve ? Le père Dufoix, assis à sa table habituelle.

« Bonjour madame, bonjour m'sieur Dufoix. Dites-donc vous dormez ici ? À chaque fois que je viens vous êtes là à m'attendre... Je vais finir par croire que vous me suivez ! » dis-je en rigolant.

« Bonjour » répond Rose en souriant et opinant du chef.

« Bonjour mossieu le journaliste ! Oui oui j'attends de vos nouvelles. Et surtout je voudrais bien lire un article de vot' part sur l'affaire du Trêve. On dirait qu'la chose n'intéresse plus personne. Ouaie ouaie, plus personne ! ».

« Je n'ai rien depuis mon dernier article. Celui où je parlais de la bagarre à la Chambonnie. Et vous, vous en savez plus ? »

Si le père Dufoix secoue la tête en signe de dénégation, Rose, quant à elle, a quelque chose à dire.

En effet, les gendarmes de Saint Georges en Couzan sont venus l'autre jour. Ils rentraient d'une rencontre avec ceux d'Olliergues au sujet de la bagarre que j'avais indiquée. En fait ils rentraient bredouilles.

Le gars qui s'était étripé avec Kévin, était parti en déplacement pour son travail. Il avait quitté le village le surlendemain et à ce jour n'était pas encore rentré de son chantier de construction d'un champ éolien offshore au large des côtes atlantiques. Vérification avait été faite auprès de son employeur. Il n'était pas dans le Forez la veille du jour de la disparition de Kévin ni les 5 jours suivants. Une piste à abandonner !

Un petit tour à Chalmazel chez Gertrude pour lui acheter une belle meringue. Puis direction Sauvain pour discuter avec les habitués du Bistrot Sauvagnard.

Je tombe sur une discussion animée. Le Naze et La Craie sont en train d'asticoter Jean le tenancier. La question majeure du jour est de savoir si Jean est aujourd'hui plus amoureux de Micheline qu'au premier jour.

« *Bonjour tout le monde* ».

« *Monsieur l'écriveur vous tombez bien. Jean va nous faire une confidence* ».

« *Ben en fait le premier jour je l'aimais pas, et pis aujourd'hui… ben… je l'aime comme le premier jour !* ».

Tout le monde rigole sauf Micheline qui prend un faux air d'offensée.

« *Ça c'est sûr que tu ne m'aimes pas ! Tiens tu me fais penser au couple où la femme dit à son mari :*

« *J'en ai assez ! Tu ne t'intéresses pas à moi, il n'y a que le football qui compte. Le samedi soir on ne sort jamais, tu vas au match. Le dimanche tu en regardes un autre à la télé, le mardi tu remets ça. Tu ne parles que de foot, j'ai l'impression de ne pas exister. Je suis sûre que tu ne te souviens même pas de la date de notre mariage !* ».

« *Alors là tu te trompes ! C'est le jour où le Milan AC a battu Barcelone 4 à 0 en finale de la Coupe d'Europe !* ».

La rigolade ne fait qu'amplifier. Si bien que je passe un bon moment avec ces gais lurons. Puis je rentre au bercail.

Le lundi suivant, le dépanneur comme prévu arrive au Trêve. Antoine va chez le voisin pour aider le vacher.

Le dépanneur constate que le moteur est effectivement grillé.

Il faut en changer. Il promet d'envoyer un devis à la chambre d'agriculture dès que possible. Il repart non sans avoir donné un avis : il pense que le moteur a grillé parce que le tuyau est bouché. Il en est étonné, car un moteur quasiment neuf comme celui-là, ça ne grille pas comme cela.

Nouvelle discussion sur place entre le vacher et Antoine. Si quelque chose bloque l'aspiration, il va falloir vider la fosse.

Et là il va falloir les gros moyens.

Antoine appelle le maire.

Ils conviennent qu'il faut l'aide d'une entreprise spécialisée pour mettre en place une pompe suffisamment forte pour retirer tout le lisier, Antoine proposant de venir aider avec sa tonne et si cela ne suffit pas, il demandera à son autre voisin de venir avec la sienne.

Il faut d'abord en référer à la chambre.

Ensuite la question qui se pose : qui va payer une telle opération ? Avec le moteur, l'installation et les déplacements liés, le vidage de la cuve, le nettoyage voire le changement de tuyau, cela va faire une sacrée somme !

Est-ce si urgent, voire même si nécessaire ?

Un tour de table est organisé les jours suivants entre la chambre, le vacher, le maire, l'assurance… Des contacts sont pris avec des entreprises de vidange de la région. La facture est trop salée, alors il devient urgent d'attendre.

D'autant que la fabrique de gaz est aussi à l'arrêt et qu'il faudra la remettre opérationnelle quand tous les autres points auront été réglés… Et tout cela chez quelqu'un qui a disparu, et qui ne reviendra peut-être pas…

Le lendemain, le vacher retourne voir son voisin.

« *Antoine, faut qu'on trouve une solution. Avant que la fosse ne déborde il faut faire quêque chose !* ».

« *Ben y a qu'à demander aux vaches d'arrêter de faire leurs besoins pardi !* ». répond Antoine, moqueur qui ajoute :

« *J'ai pas le temps aujourd'hui. Je te propose de venir pomper demain en fin de journée. Je viendrais avec ma pompe et ma tonne. Ça te videra un peu la fosse et ça laissera une bonne semaine de tranquillité avant de chercher autre chose* ».

« *Ouaie. Puis si le temps se maintient au beau, je sortirais les bêtes et ne les rentrerais que si les nuits sont trop froides. J'm'organiserais pour la traite mais j'n'aurais point de difficulté, elles seront toutes là à attendre leur tour. Cela va nous laisser du temps. D'accord pour demain. Et tu pourras bien répandre ça sur tes champs !* ».

Puis les jours vont passer. Le Trêve vit au ralenti, les vaches vivent une nouvelle vie.

L'été se passe sans que le Kévin ne donne de signes de vie.

Le procureur décide de nommer un administrateur provisoire des biens du Trêve. Cela va enlever une tâche au Maire et à Antoine. La Chambre n'aura plus qu'un seul interlocuteur, cette personne nommée.

Début octobre, le téléphone sonne à la brigade de Saint Georges en Couzan.

Barbie, la gendarme de Noirétable souhaite parler à Lolita.

Les deux femmes sont maintenant en ligne et Barbie fait une drôle de suggestion à sa collègue.

« *Tu as toujours sur les bras la disparition de ton gars à Jeansagnière ?* ».

« *Sur les bras, non, on a classé l'affaire en attendant une nouvelle information. Pourquoi tu me demandes ça ? »*.

« *Ben voilà. Figures-toi qu'on vient d'avoir avant-hier un cas bizarre à Champoly »*.

« *Oui et alors ? »*.

« *Et alors, j'ai pensé à toi. Et si ton gars disparu avait disparu de la même manière que notre macchabée de Champoly ? »*.

« *Comment ? »*.

« *Tombé et noyé de manière horrible dans sa fosse à lisier »*.

« *Tiens on n'a pas pensé à ça. Le proc nous avait demandé des sondages et nous avons essayé de remuer et voir si on détectait quelque chose, mais cela n'avait pas été plus loin. C'est peut-être une bonne idée ! »*

« *Bon ne me remercie pas, mais si tu es décorée pour avoir résolu cette énigme, tu me donneras ta médaille et tu garderas les honneurs. Allez bisous Lolita »*.

« *Merci mille fois Barbie. Bonne journée »*.

Après avoir raccroché, la voilà toute guillerette notre Lolita.

« *Moi je m'appelle Lolita, Lo ou bien Lola, du pareil au même, moi je m'appelle Lolita, quand je rêve aux loups, c'est Lola qui saigne. La la la... »*.

En chantonnant elle va toquer à la porte de l'adjudant-chef et lui expose l'échange qu'elle vient d'avoir.

Le chef réfléchit un instant puis appelle au téléphone le lieutenant Barnot.

Et la machine d'un seul coup s'emballe.

Le procureur est averti de l'hypothèse. Il décide immédiatement de vérifier la chose.

Un vidangeur est missionné pour le lundi suivant.

La gendarmerie sera sur place. Avant elle aura averti le maire. Les pompiers seront également réquisitionnés. Les services scientifiques de la gendarmerie seront en alerte, prêts à intervenir.

D'ailleurs La Mouche avertira aussi le voisin Antoine. Parce que cela va faire un bel attroupement et un embouteillage de camions et voitures.

Et le lundi suivant, au petit matin tout le dispositif se met en place.

Le pompage commence. Il ne se passe rien. La citerne du camion de pompage s'emplit tranquillement. On arrive bientôt à la fin.

Et là un cri.

« *Stop !* »

La Mouche fait arrêter l'opération. On commence à distinguer au fond de la cuve, au niveau de la bonde d'aspiration, une chose, oui un truc pas normal…

Il s'agit d'une sorte de tissu…

Je passe sur les détails que les témoins vont être amenés à observer. Les pompiers s'équipent et deux descendent par une échelle dans la fosse et le reste de purin. Ils en ont bien jusqu'au-dessus des mollets.

Ils valident que c'est bien plus qu'un simple tissu qui se trouve là.

C'est un corps habillé qui git dans cette fosse nauséabonde. Il a encore ses bottes qui ont dû être un obstacle majeur pour qu'il puisse se sortir ce cette fange.

On continue à vider et quand la grande part est aspirée, on peut voir le corps.

C'est l'horreur.

Les services techniques sont demandés.

Le médecin de Chalmazel, est appelé même si sa conclusion ne fait aucun doute. Annette Groux constate officiellement la mort mais refuse le permis d'inhumer.

La scientifique n'arrive que vers midi.

Il lui est plus que difficile de trouver des indices.

Une seule chose attire l'attention de ces spécialistes, comme cela avait été le cas de la médecin : il a une plaie à la tête, à l'arrière et à la base du crâne.

Le corps peut être retiré du lisier et remonté sur la terre ferme.

Les examens minutieux continuent.

Deux hypothèses sont formulées : soit en chutant il est tombé à la renverse et s'est occis le cervelet sur le rebord de la fosse en ciment, soit quelqu'un lui a asséné un coup pour le faire tomber dans la dite fosse... l'autopsie doit nous en dire plus.

Petit à petit toute l'armada quitte les lieux et quand toutes les constations sont faites, les gendarmes tirent leur révérence, laissant dans l'effroi et les questions, notre vacher et son voisin Antoine...

Ah Antoine...

Pauvre Antoine, lui qui était à deux doigts de connaitre le fin mot de l'histoire, et avant tout le monde, oui tout au début.

Ah s'il avait pu être un petit oiseau il y a quelques temps. Il saurait ce qui s'est passé...

Si Antoine avait pu s'approcher, il aurait pu effectivement rencontrer un homme en blouse blanche, en bottes, un chapeau noir sur la tête.

Et le Kévin en tenait une sévère ce jour-là.

Il avait du mal à marcher, il semblait flageolant sur ses jambes.

Et il avait dû avaler plusieurs bouchons de bouteille qui lui étaient restés dans la bouche. Ah le pauvre, il pouvait à peine parler.

Le gars tenait une valisette à bout de bras, une espèce comme celle des enquêteurs ou des contrôleurs qui doivent procéder à des prélèvements. Assurément quelqu'un des services sanitaires de la Chambre d'agriculture.

Sûrement en lien avec la demande de vente directe que Kévin avait fait.

Et s'il avait pu s'approcher davantage, le voisin aurait surpris une drôle de conversation entre les deux hommes.

« Bon m'sieur Monteil, comme j'vous l'ai dit hier, je dois faire des prélèvements. J'ai besoin de votre aide ».

« Brélement... comm t'y dis. Onf... onf... fé tou ... tout... toubib... ? ».

« On fera les prélèvements dans la stabulation en dernier. Avant on va faire les contrôles du stockage du lisier, mesurer les espaces pour la méthanisation, puis on ira voir votre pièce que vous voulez couper en deux pour en faire votre laboratoire et votre zone d'affinage ».

« On regardera là où vous voulez monter votre chambre froide et votre boutique ».

« Li... gier... ché... par là. Tention àch pas riper ».

Et les deux gars approchant du bord de la fosse, Antoine aurait alors vu Kévin se pencher en montrant la fosse du doigt et au même moment l'homme en blanc réaliser un violent mouvement de son bras droit dans un cercle finissant sa course sur la tête de l'agriculteur...

Et au bout du bras il y avait la valise métallique !

Un cri, Kévin bat des bras, il tombe la tête la première dans le lisier.

Il se débat un moment la bouche déjà emplie. ne pouvant même pas laisser une plainte jaillir, puis sa tête s'enfonce, une énorme bulle cloque à la surface…

Il en est fini de Kévin…

Le voisin aurait alors pu voir le visiteur remonter à toute vitesse vers sa voiture garée dans un angle mort…

Mais non, de tout cela il n'avait pas eu connaissance.

Le lendemain la presse titrait : « *l'affaire du Trêve est résolue. Le disparu est mort dans des conditions atroces…* ». Les détails allaient suivre dans les éditions ultérieures…

Le temps de l'incompréhension

Noirétable, Notre Dame de l'Ermitage, le 6 mai 2017

Je suis parti avec ma femme et notre fille pour cueillir des jonquilles sauvages.

Il est un lieu où nous aimons aller car c'est au calme près d'un ermitage, au bon air, accessible facilement et offrant des sentiers de balade alentour.

Nous sommes juste en dessous de Notre Dame de l'Ermitage.

Ce lieu situé à 1100 mètres d'altitude dans la forêt au-dessus de Noirétable est un lieu géré par la congrégation des sœurs de la Salette. Elles organisent des veillées de prières et assistent des personnes venant faire une retraite dans ce lieu saint. Elles assurent le coucher en cellules individuelles et les repas pris en commun dans le réfectoire.

Il y a en permanence quatre religieuses sous les ordres de la révérente mère Oksane.

Elles sont assistées par des bénévoles qui aident aux tâches ménagères et au nettoyage. Il y a deux jardiniers qui viennent régulièrement entretenir les espaces et un bucheron pour l'entretien des arbres fort nombreux. Ils sont bénévoles de la paroisse Saint Roch des Montagnes de Noirétable.

Un chapelain vient célébrer les messes dominicales et les fêtes chrétiennes. Il vient de Saint Étienne.

Oui un bel endroit, calme et serein...

Où l'on continue notre cueillette.

Au bout d'un moment nous avons chacun un joli petit bouquet de jonquilles.

Notre attention est brutalement attirée par le bruit d'un moteur ronflant à tout va dans la côte.

Passent devant nous un fourgon rouge des pompiers.

Quelques instants après, un 4X4 de la gendarmerie passe devant nous en trombe.

Il devient évident qu'il y a un problème à l'Ermitage, d'autant que dans la foulée voilà l'ambulance…

La curiosité me pousse à abandonner mes chéries à leur cueillette. Je monte et arrive sur le terreplein où stationnent les véhicules de secours. Il y a en plus 5 voitures particulières stationnées.

Sœur Michaella, petite bretonne brune, m'arrête et me demande de rebrousser chemin.

Je l'interroge en présentant ma carte de presse. Elle m'informe alors rapidement.

Il y avait 4 personnes en retraite. Deux femmes et deux hommes.

Pour les hommes il y avait Jean-Pierre Marotte, un jeune homme de Chalmazel en retraite pour 15 jours à Notre Dame de l'Ermitage.

Il vit seul au Pontet Est depuis que sa copine l'a quitté, elle qui ne pouvait plus continuer à vivre sa vie aux côtés d'un malade.

Ce garçon est très gravement atteint ; une longue maladie comme on a l'habitude de dire.

Oui, comme il arrive quelques fois, la femme n'a pu endosser à la fois les deux costumes d'amante et d'infirmière. Elle a alors abandonné définitivement Jean-Pierre poursuivre seul sa lutte et ses traitements…

Mais pas si longue que cela puisque notre gars est en phase terminale. Fatigué, peu assuré sur ses jambes, il se force à se déplacer sans canne.

En ce dimanche de Pâques, Jean Pierre a suivi l'office. Ensuite ce fut le repas en commun.

Comme les autres jours, Jean Pierre aime se promener dans les bois et jusqu'à la chapelle de la source.

Il aime bien se balader avec Jeannot,

C'est le second homme en retraite ici.

Celui-ci vient surtout prier et communiquer avec sa fille, décédée atrocement il y a quelques années.

Après de longs mois en réanimation après son accident, elle tirera sa révérence et s'en ira rejoindre les anges. Sa maman va en mourir de chagrin.

Et Jeannot, veuf inconsolable vient vivre quelques temps au plus près de ses deux femmes.

En cet après-midi pascal nos deux compères sont montés au belvédère.

On est au point le plus haut, la tête près du ciel, devant un paysage somptueux et mélancolique, verdoyant et tourmenté, inspirant réflexion et prière, au pied de la statue de la vierge installée sur ce promontoire. Un petit escalier, raide mène à la plateforme entourée d'une balustrade en fer forgé.

Silence.

Jean Pierre est tout à son passé et ne s'interroge plus sur son avenir. Il se sait condamné par un maladie sournoise qui le handicape chaque jour un peu plus.

Sœur Michaella me conte cela avec sa voix douce, calme et naturelle. Elle continue son propos.

Quelques instants plus tard Jeannot est arrivé en trombe au réfectoire où elle faisait le ménage et rangeait.

Étaient également présentes à ses côtés outre la mère supérieure, les sœurs Délia et Marie de Nazareth.

Jeannot est comme un fou.

« *Jean Pierre a eu un étourdissement et est tombé du belvédère, tête la première en contre bas. Vite il faut un médecin* ».

C'est le branle-bas de combat dans l'Ermitage d'après sœur Michaella qui ajoute :

« *Et voilà pourquoi il y a ce renfort de gendarmes et pompiers. Pour le Jean Pierre, j'ai grand peur qu'il soit décédé* » et elle se signe rapidement en finissant sa phrase.

Sûr de moi avec ma carte de presse, je m'avance un peu.

J'aperçois deux militaires un peu à l'écart. Ce sont deux gendarmes de la brigade de Noirétable et que j'ai déjà rencontré quand j'étais venu faire un article sur la préparation dans le village d'une course de trial pour le championnat de France.

Il y a là Barbie la gendarme Blanchard qui en fait s'appelle Josie, et La Lame, avec pour ce dernier le surnom donné par tout le monde au gendarme Pradel. Ce dernier m'aperçoit et me fait signe d'avancer.

Salutations.

« *Alors madame monsieur, qu'est-ce qui se passe ? Il y en a du bazar ici ?* ».

« *C'est tout con. Deux vieux qui montent au belvédère juste après déjeuner. Un verre de vin, l'altitude, pas une très bonne santé, le soleil, et y en a un qui a un malaise et patatras...* ».

« *Ah bon, et messieurs çà donne quoi pour le gars ?* ».

« *Il est mort c'est certain et on attend le permis du médecin. D'ailleurs le voilà, on va aux nouvelles* ».

Je les vois se diriger vers l'homme en blouse blanche qui sort des fourrés au pied du belvédère. Je le vois faire un signe de dénégation, et inviter les gendarmes à le suivre à l'intérieur.

Quelques minutes après, le médecin ressort.

Il a quitté sa blouse qu'il porte sur le bras et il tient sa sacoche de l'autre. Il me salue d'un signe de tête, salue avec déférence sœur Michaella qui est restée près de moi, monte dans sa voiture et repart vers la vallée.

La Lame et Barbie sortent et retournent auprès des pompiers. Ils assistent à la levée du corps qui est mis dans un linceul puis monté dans l'ambulance.

Avant de grimper dans son 4X4, La Lame me dit simplement :

« *Le mort c'est Jean Pierre Marotte de Chalmazel, Le médecin demande à ce que l'on cherche les causes de son malaise. On va attendre l'avis du légiste après l'autopsie. On va prévenir la famille. Au revoir* ».

J'entre au réfectoire, pièce où je sais trouver du monde car j'entends des voix qui résonnent dans la grande pièce.

La mère supérieure est près d'un homme tout prostré sur sa chaise. Sœur Délia apporte un verre d'eau à ce monsieur qui parait bien mal en point.

Je m'approche discrètement, et j''entends alors le bonhomme dire comme dans un sanglot :

« *J'ai rien pu faire. Je regardais pas de ce côté. Quand j'ai entendu un bruit je me suis retourné, j'ai juste vu ses jambes pendant qu'il tombait dans le vide* ».

« *Mais mon bon monsieur, ce n'est pas de votre faute ? Tenez buvez un peu d'eau, il faut vous en remettre. Vous n'y pouviez rien* » ajoute mère Oksane.

Sœur Marie de Nazareth me dit discrètement.

« *C'est M'sieur Jeannot qui était avec l'homme qu'est* *tombé* ».

Pendant que ma supérieure dit à l'homme prostré :

« *On va vous raccompagner jusqu'à votre cellule.* *Vous allez prendre un peu de repos, et ensuite on ira prier* *ensemble pour le défunt. Allez, venez* ».

L'homme se lève et marchant difficilement, tout vouté, accablé, suit la mère supérieure et sœur Délia qui l'emmènent vers le dortoir.

Pensant que je ne vais pas en apprendre beaucoup plus, je décide de quitter l'endroit et de rejoindre mes femmes dans leur cueillette de jonquilles sauvage.

Et quand j'arrive près d'elle je m'exclame :

« *C'est pas une cueillette, les filles, c'est une* *moisson !* » tant elles ont les mains emplies de ces belles fleurs jaunes qui resplendissent sous le soleil.

C'est maintenant l'heure de rentrer.

Je demande à ma femme si cela lui fait souci si l'on s'arrête à Chalmazel un moment.

« *Non non, on ira ensemble chercher des tartelettes et* *du pain à la boulangerie puis on passera à l'épicerie pour* *acheter un peu de sarrasson* ».

Et aussitôt dit, aussitôt fait.

Arrivés à Chalmazel, je me gare près du château des Talaru et je laisse fille et femme aller faire leurs emplettes et papoter un peu pendant que j'entre au Bar de la Soif.

« *Bonjour la compagnie* ».

Il y a là des connaissances. Avec Monmond le bistroquier, il y a le père Goutorbe et Titide. Je salue tout le monde et m'enquiert auprès de ce dernier :

« *Votre frère n'est pas là ?* ».

« *Oh non, le s'est fait un tour de reins* ».

« *Tu parles à son âge courir après les filles un mauvais geste et patatras c'est le lumbago et faut rester au lit sans bouger ! Faut vivre avec l'âge de ses artères nom de Diou !* » ajoute Goutorbe...

« *Ben t'ira lui dire ça, tu verras comme y't recevra !* » répond en rigolant Titide en parlant de son frangin.

« *Bon monsieur le journaleux, on vous sert quoi ?* » demande Monmond.

« *Deux choses s'il vous plait. D'abord un café serré et ensuite des réponses à mes questions* ».

Et là, je vois les deux vieux lever le nez de leur ballon et d'un seul coup être intéressés...

On va demander leur avis !

J'attends mon café, je mets un sucre et brasses en laissant l'envie de savoir monter dans le crâne de mes deux vieux.

« *Oui des questions relatives à un gars d'ici. Attendez, je sors mon calepin où j'ai noté son nom* ».

« *Ah, ça y est, je l'ai : Jean Pierre Marotte ça vous dit quelque chose ?* ».

« *Hein ? Vous lui voulez quoi à Jean Pierre ?* » quémande Titide.

« *Je ne lui veux rien, d'autant qu'il s'en fout largement en ce moment* ».

« *Pourquoi ?* » interroge le vieux Joannès Goutorbe.

« *Ben il a eu un bien grave accident cet après-midi à l'Ermitage* ».

« *Là-haut à Noirétable ?* » demande Titide.

« *Oui* ».

« *Plus près de toi mon Dieu* » chantonne Titide...

« *D'abord qu'est-ce qu'il a ?* » demande le vieux Joannès.

« *Personne ne pouvait plus rien pour lui. Les pompiers sont arrivés assez vite, mais trop tard. Et le médecin a dit que la mort était instantanée. Il s'en remet au légiste pour connaitre les raisons de son décès. Mais bon, pour tout le monde c'est un malaise* ».

« *Et comment qu'c'est arrivé ? Un malaise devant la beauté des yeux de la révérente mère Oksane ?* » demande Monmond qui a l'air de mieux connaître le lieu.

« *Il a eu un grave malaise et il est tombé du belvédère. Tête la première sur le rocher* ».

« *Millediou [14] ! Pourquoi il était monté là-haut ? Hein tu parles d'une retraite religieuse ! M'enfin, il en avait pas assez de malheur. Même qui dirait qu'il avait une grave maladie et qu'il n'avait que quêques jours à viv'* » résume Titide, recueillant l'assentiment de tous.

Et voilà mes interlocuteurs qui me brossent un portrait du défunt. Si je devais résumer, je dirais que c'est un mec qui n'a jamais de chance. En plus il fut un grand alcoolique dans sa jeunesse, mais il avait fait une cure de désintoxication et s'était sorti de cette maladie, ce fléau, cette drogue masquée.

Un instant la discussion s'arrête. C'est le curé du village qui entre.

Ce natif du Vietnam, ayant fui à sa majorité les horreurs du communisme viet, le père Lao Van Truc a fait son séminaire à Lyon au séminaire provincial de Saint Irénée sur la place de Fourvière.

Il sera ensuite prêtre à Morgon dans le Rhône avant de se voit confier la paroisse de Chalmazel et son église de Saint Jean-Baptiste.

---

[14] Millediou = juron équivalent de « Mille Dieux », plus vulgairement « Bon Dieu ! »

Bien vite intégré dans le tissu local, très apprécié tant de sa gentillesse que de son dévouement, il fut très vite appelé par tous « le père Lao »…

Il n'a même pas le temps de saluer tout me monde que Titide l'interroge :

« *Père lao, vous êtes au courant de ce qui arrive au gars Marotte ?* ».

« *Non. Que devrais-je savoir ?* ».

Et c'est le père Goutorbe qui lui fait le point de notre discussion. Au fur et à mesure du propos, on voit le curé faire son signe de croix et répéter le geste plusieurs fois.

« *Le pauvre homme. C'est bien malheureux* », puis il ajoute :

« *Dans mon pays d'origine, on dit que le buffle laisse sa peau en mourant alors que l'homme laisse sa réputation* »…

Le père Goutorbe, que la mort a toujours effrayé, ne manque pas le moment de dire ce qu'il pense de la camarde :

« *Moi j'dis que si la mort existe, ce serait normal qu'elle meurt elle aussi !* ».

Puis un silence s'installe et le prêtre réfléchit.

« *Je me demandais où sont les divers membres de sa famille* ».

Nouveau silence.

« *Bon je vais me renseigner et aller les voir. Ils vont avoir besoin de l'aide de Dieu pour surmonter un choc pareil…* ».

Il a juste le temps de boire son verre de menthe à l'eau, saluer tout le monde, et hop le voilà parti sur le chemin de la prière.

La salle semble arrêtée.

Puis doucement la vie reprend.

« *Monmond remet nous leur jumeau* » dit Titide en montrant son verre vide.

« *En attendant, moi j'dis qu'il n'est pas tombé comme ça !* » insinue le père Goutorbe.

Devant l'interrogation dans les yeux de l'assemblée, il détaille alors son idée.

Pour lui tout commence lors du repas.

Exceptionnellement et de manière totalement inattendue, il avait demandé à la sœur Délia qui faisait le service, de lui servir un pichet de vin rouge.

Lui qui avait perdu totalement l'habitude a été dans un premier temps ragaillardi.

Puis après le dessert, et après la montée au belvédère, l'effet de l'alcool a commencé ;

« *Et c'est ce qu'il voulait not'gars ! Oui il fallait qu'y puisse pus réfléchir avant d'se jeter dans le vide. Oui mes compères, c'est un suicide préparé, bien préparé dirais-je* ».

« *T'as raison Joannès. Allez buvons à sa santé !* » dit Titide immédiatement repris par Joannès :

« *Santé t'en a de bonnes. Non buvons à sa mémoire* ».

Le temps de l'horreur

Col des Placiaux le 2 octobre 2017.

La matinée est déjà avancée quand Ernest Clopin, un gars du village de Jeansagnière est en cueillette de champignons.

Il habite la ferme de la Gaile, pas très loin du Trêve et de la Combe.

Il est monté là en vélo et a attaché son cycle aux montants de la cabane des chasseurs qui trône au début du chemin forestier, le traversier qui court sous les Placiaux et rejoint la route près du col de la Loge.

Il a d'abord cherché avec succès du côté gauche du chemin.

La mousse y est épaisse, les myrtilliers sont nombreux, le sous-bois sous les sapins est plus aéré qu'ailleurs et l'on y trouve même des pieds de framboisiers sauvage.

Sous la mousse, on peut trouver de beaux spécimens de canaris [15] qui longtemps ont fait le bonheur des cueilleurs avant que diverses intoxications ne soient mentionnées.

La prudence veut maintenant que l'on ne les ramasse pas. Et puis il y a tellement de chanterelles tubulaires et de jolis pieds de girolles que c'est le paradis du champignonneur !

---

[15] Champignon canari = tricholome équestre

Par contre, du côté droit du chemin traversier on ne trouve guère son bonheur, car il y a peu de mousse sous les épicéas et moins d'humus et de tout temps les paniers sont restés vides, sauf à un endroit précis.

Il a déjà un gros large demi panier de girolles et de chanterelles tubulaires. Il revient un peu pour prendre le layon qui plonge vers le ruisseau tout en bas vers le bois des Coires.

Tout le long de la descente, sous les souches, il y a foison de belles girolles d'un jaune éclatant. Il laisse les petits pieds et continue avant d'obliquer sur un passage d'animaux qui va le faire zigzaguer tout en descendant dans le sous-bois jusqu'au point le plus bas.

Il s'enfonce sur sa droite et continue sa cueillette. Tient quelques mousserons violets donneront de la couleur au plat, même si leur niveau gastronomique est faible.

Il arrive pas loin du ruisseau. Il sait trouver là des pieds de mouton.

C'est le cas sur plusieurs mètres.

Le voici maintenant au petit gué qui permet de monter dans la clairière en face. Un coup de couteau, une belle découpe et voilà un champignon de plus dans le panier. Il se relève.

Surprise, devant son nez, au-dessus du gué, à moins de deux mètres, il voit une botte !

Il avance.

Deux bottes.

Un pantalon…

Un corps est là. Face contre terre dans cette herbe verte qui fait comme un écrin.

On dirait un gars, qui plus est on dirait un chasseur vu ses vêtements.

Une énorme tache de sang est visible sur son dos. Il y a déjà des mouches autour.

Il reste comme statufié. Il est saisi et l'émotion se mélangeant à la peur, il est comme qui dirait scotché sur place.

Il essaie sans approcher de savoir si le bonhomme est vivant, mais le corps ne répond pas à ses questions.

Il tente d'apercevoir le visage afin de savoir s c'est quelqu'un de ses connaissances.

Non l'herbe lui cache toute la face du mort.

Le seul constat qu'Arnest fait est qu'à côté du corps, il n'y a que des cartouches.

Pas d'arme, pas de panier de champignons, rien d'autre que ces douilles.

Oui, et elles ne sont pas percutées et disposées en cercle autour du corps…

Cela sent la mise en scène mais notre témoin n'en a cure.

D'un seul coup il se ressaisit. Comme connecté à une super pile électrique il se précipite.

Il prend ses jambes à son cou et remonte avec toute la vitesse que lui permettent ses rhumatismes et son âge, court le long du chemin forestier et arrive près de la route qui mène du village au col de la Loge.

Là il peut capter un signal sur son portable et appeler les secours.…

Le 117.

Il explique.

Il ne peut dire si l'homme est mort mais il est très mal en point au minimum.

On lui demande d'attendre là où il est, on envoie les pompiers, on demande la venue d'un médecin et on prévient la brigade de Saint Georges en Couzan.

Quand le médecin arrive, les gendarmes arrivent tout juste derrière elle. Tout le monde crapahute derrière le gars Clopin.

Le docteur Groux va constater.

Quelle horreur !

Le dos de la victime n'est qu'un hachis de chairs et de débris d'os.

Elle est morte et bien morte et depuis un moment déjà… Soit la veille après midi soit le matin tôt.

Inutile de demander un permis d'inhumer.

Les gendarmes constatent aussi cette plaie épouvantable.

Mais qu'est-ce qui a pu faire une chose pareille ?

Les hypothèses sur place sont des plus inattendues, mais surtout émises dans l'ignorance des faits réels.

Il y a celui qui pense qu'il s'est fait embrocher par un cerf.

Il y a celui qui pense qu'il a été renversé par un sanglier qui s'est mis à casser la croûte sur le gars.

Il y a le gendarme qui se demande quel peut bien être le type d'arme à feu capable de faire ces dégâts, à part un vieux tromblon chargé de clous.

Cizoux pense à une grenade, mais il y aurait quand même d'autres dégâts.

Bon arrêtons de gamberger ! Il faut photos et ratissage de la zone déjà bien piétinée.

La disposition des douilles tout autour du gars fait de suite penser à une histoire de chasse.

Une vengeance de chasseur ?

Un vengeance d'écolos anti chasse ?

On ne peut dire.

Il faut enquêter.

Il ne faut pas écarter non plus l'histoire passionnelle, un différent commercial et même une vengeance d'un membre de la famille ?

Cizoux fouille les poches du mort. Il y trouve une carte d'identité. Il s'agit d'Alain, un gars natif de Saint Georges en Couzan, habitant Chalmazel et travaillant à la laiterie de Sauvain.

Que fait Alain Pierrefeux si loin de chez lui ?

Mais il n'y a nulle part de cartouchière ni de balles dans ses poches, et encore moins d'arme près du corps.

Il n'y a pas non plus de couteau ni de panier à champignon. Il n'a aucune clef dans ses poches.

Il semble même que ses poches ont été vidées.

Il devient évident qu'un cerf ou un sanglier ne seraient pas partis dans les halliers en emportant sous le bras le panier à champignons, le couteau, les clefs et ce qui se trouvait dans ses poches !

Par contre l'assassin a pris le soin de repartir avec !

Il aura eu tôt fait d'abandonner tout cela dans une décharge ou directement dans la poubelle d'ordures ménagères…

On ne les retrouvera pas.

Il n'y a pas non plus de véhicule à proximité.

Il n'est pas venu en deux-roues. Il n'a pu venir depuis son domicile à pied.

Les gendarmes dans un premier temps ne font que des suppositions.

On découvrira le lendemain, à 3 kilomètres, une voiture abandonnée à l'entrée du chemin traversier le long de la route qui descend vers Saint Didier et plus loin vers l'Hôpital sous Rochefort.

A côté, par terre, on trouvera le bip et la clé de démarrage…

Dans la voiture on ne détectera rien de particulier.

Que pouvait-il faire ici à part se promener, ce qui parait tout de même curieux ?

Arnest est interrogé.

Mais que peut-il dire d'autre que cette vision d'horreur alors qu'il était tout attentif à la recherche d'un beau pied pour son omelette du soir…

Le pauvre homme en est tout retourné.

Même s'il en a vu d'autres quand il avait été bidasse.

Pas de chance pour lui, il avait été appelé en 1961 et envoyé au-delà de la Méditerranée.

Au moment où l'Algérie prenait dans sa majorité musulmane l'orientation de l'indépendance et de la chasse tant aux français qu'aux harkis avant que tout le monde ne tente de s'enfuir, il y avait eu un palier de plus dans l'horreur.

Oui il en avait vu des cadavres, déchiquetés, mutilés au couteau, désintégrés par des bombes…

C'était normal, c'était la guerre, même si le grand Charles appelait toujours cela le maintien de l'ordre et venait de planter un poignard dans le dos des pieds noirs en ajourant à son célèbre « *je vous ai compris* » le malheureux « *autodétermination* »….

Mais un tel spectacle de mort, oui, là !

Chez nous !

Alors qu'il se baladait aux champignons !

Il ne pouvait s'en remettre… Les lèvres tremblaient, le corps était recroquevillé.

Arnest restait prostré. Et il va avoir bien du mal à reprendre son vélo et à descendre au village…

Pour ce qui concerne le cadavre, le corps est emmené à l'IML, les pompiers se retirent, les gendarmes finissent leurs maigres constatations en compagnie du maire.

Il a été prévenu par la brigade de Saint Georges alors qu'il était en réunion à Feurs. Il est rentré dare-dare. Charles Bonneton se fait expliquer le début de l'histoire.

Mais quoi faire de plus ici. Rien ! Alors tout le monde plie bagage.

Les gendarmes rentrent à la brigade.

Le procureur est saisi de l'affaire.

Il demande de suite une enquête de voisinage à Saint Georges en Couzan.

Ce gars vit avec Catherine, une gentille fille du village, travaillant à « La Halte Forésienne », l'auberge campagnarde renommée du Col du Béal. Elle y fait la cuisine.

Ils ont un enfant de deux ans qui est gardé par sa grand-mère durant la semaine.

Lui Alain est conducteur d'engin aux services techniques de la commune.

Les gendarmes se renseignent sur son travail, l'avis de ses responsables.

Le lieutenant et le juteux connaissent le garçon décédé.

Et d'ailleurs, ils ont eu une visite le midi même dans leurs locaux qui confirme leur dossier. Le beau-père du mort vient déclarer que l'ami de sa fille n'est pas rentré à la maison depuis hier après-midi. Il était parti aux champignons. Sa famille est morte d'inquiétude.

Le lieutenant vient simplement lui dire qu'ils vont le tenir au courant. Une personne aurait été accidentée dans les bois, et dès que l'on en saura plus on ira leur rendre visite…

Et dès le lendemain matin, ils vont voir les parents de Catherine.

Ils les trouvent dans le plus grand désarroi.

Quand on leur annonce la mort du jeune homme, ils s'effondrent.

Que vont devenir leur fille et leur petit fils, petit bonhomme de 2 ans...

Et surtout au-delà de la tristesse infinie, il y a l'incompréhension.

Un si gentil garçon !

Qui a pu s'en prendre à lui et pourquoi cette violence ?

Non, on ne lui connaissait pas d'ennemi.

On ne connaissait pas de choses bizarres à son encontre.

Catherine était très attachée et très amoureuse de lui, et il lui rendait bien.

En un mot, les gendarmes peuvent noter dans leur dossier que l'on a assassiné avec la plus grande fureur un jeune homme au-dessus de tout soupçon...

Mais, n'est-ce pas l'habituelle première conclusion, même dans les cas de dossiers les plus douteux ?

Le mort est toujours au-dessus de tout soupçon... à priori !

La gendarmerie de Saint Georges est informée de la nomination d'un juge d'instruction.

Et il n'y a pas de surprise quand le bureau du procureur indique qu'il s'agit de Jean-Christian Michel de Montbrison.

Des contacts sont pris. Le dossier est complété pour le greffier du juge. La médecin a envoyé son constat et celui-ci est faxé au tribunal.

Le jour même, Arnest passe à la brigade. Il vient pour déposer officiellement son témoignage, et signer les papiers.

Il en profite pour questionner et assouvir sa curiosité.

Mais à part lui dire que le mort est Pierrefeux de Chalmazel, ils n'ont de toutes façons rien à dire, si tant est qu'ils étaient prêts à mettre des choses sur la place publique.

La gendarmerie a reçu également des pompiers le rapport de leur intervention.

Une nouvelle pièce à verser au dossier d'instruction...

Et le dossier va rapidement s'épaissir. Oui beaucoup de constats... Nous n'en sommes qu'au début de la procédure, au début des papiers, mais avec comme depuis la première minutes les questions rituelles :

« *Qui, quand, pourquoi et comment ?* ».

De son côté le légiste a entamé son travail si complexe et si peu ragoutant pour le commun des mortels.

Comme d'habitude il conserve les liquides, le sang, le bol stomacal.

Il y aura les analyses ultérieures pour connaître tant un horaire approximatif de la mort que le fait qu'il ait dans le corps des substances toxiques ou résidus de drogue.

Il est clair pour le spécialiste que le mort n'a subi aucun coup, ni aucune blessure à part celle de son dos.

Il n'y a pas eu de bagarre, ni chute ayant laissé des traces traumatiques.

Il ne s'est pas débattu et il n'y a rien d'intéressant sous les ongles du mort.

Quand il attaque l'analyse de la blessure, il constate d'abord un hachis de chair. Il s'efforce de trouver des traces indiquant un type d'outil ayant été utilisé.

En fait il voit qu'il y a eu de nombreuses plaies, provoquées à la fois par un ou des outils tranchants et des arrachements.

Ces éléments le laissent perplexe.

Il est clair que les plaies infligées ont été mortelles, car l'une au moins a percé le cœur, mais ce n'est certainement pas la première.

Le gars a été assaisonné méchamment.

Il y a multitude de traces diverses laissant penser à de nombreux coups.

Quand il rédigera son rapport, il osera émettre une hypothèse : la mort a été causée par de nombreux coups pouvant avoir été provoqués par des traits d'arbalète par exemple, voire complétés, mais ce n'est qu'une hypothèse, par d'autres coups d'un engin effilé et très coupant, style dague.

De plus l'assassin a trituré le corps quand il a enlevé les flèches de leur cible… et pour le toubib, il lui semble être proche de la cause, si ce n'est quelque chose de très approchant à cela.

Lui tendrait quand même vers une seule arme utilisée, mais simplement doit-il évoquer toutes les idées qui lui viennent du constat qu'il a fait…

Le temps de diverses pistes

Saint Georges en Couzan, le 23 octobre 2017

Quand le rapport arrive chez le juge, on se dit que voilà quelque chose qui sort de l'ordinaire.

Aux mains des gendarmes, la chose parait bizarre. Aucun d'eux ne connait dans la région de chasseur à l'arbalète.

Alors ils vont se mettre en recherche, et sans vilain jeu de mot se mettre en chasse.

On va chercher dans deux directions.

La première sera le type d'arme.

La seconde le lien qu'il peut y avoir avec la chasse. L'analyse des douilles a montré qu'elles étaient celles utilisées traditionnellement par les gars de la région dans les battues aux gros gibiers.

Le gendarme Balin est chargé de rechercher les clubs de tir à l'arc et plus précisément à l'arbalète. Il se fera assister de Kévin dit Le Bleu.

De leurs contacts et échanges, ils en retireront plusieurs informations.

Une flèche d'arc de chasse fait une plaie franche et non un écrasement. Même si plusieurs flèches sont utilisées, il ne peut y avoir une plaie béante encore moins déchiquetée.

Un arc de chasse est un engin volumineux et nécessite un permis. En fait on ne connait que deux chasseurs ligériens ayant un tel permis de cette chasse et ils sont tous deux habitants dans le massif du Pilat.

Leurs identités sont recueillies.

Ils seront interrogés par leur brigade territoriale à la demande du juge.

Cela s'avèrera une fausse piste.

Et si c'était une arbalète il faut alors chercher si ce type d'arme est connu des armuriers du coin et s'ils ont eu récemment ou pas un client.

Ni à Boën, ni à Feurs, ni à Montbrison, ni encore à Saint Étienne il n'y aura la moindre piste. Aucun d'eux n'a eu un client s'informant sur ce type d'arme, encore moins une commande ni même un service de réparation.

Il faut aussi chercher un club de tir, car ce n'est quand même pas un engin facile à manier avec précision.

Le seul club à moins de 80 km de Jeansagnière est en Haute Loire. C'est un club d'archers traditionnels mais avec une section spécifique arbalète.

Il n'y a aucun licencié dans la Loire.

Les enquêteurs recueilleront les noms des trois membres spécialistes de la chose dans le club.

Ces identités seront versées au dossier.

Elles ne donneront rien non plus.

Par contre les arbalétriers sont tous trois unanimes à dire que le trait ne peut pas faire une plaie en charpie, sauf à avoir remué la flèche dans la plaie avant de l'extraire… et encore…

La Mouche et Lolita sont quant à eux chargés d'éclaircir le lien avec la chasse.

À l'ACCA de Saint Georges en Couzan ils auront confirmation du type de balles avec les douilles récoltées.

Le mort est un des adhérents de l'association.

On ne peut que louer sa gentillesse, et sa disponibilité permanente pour la communauté.

Il participe tout autant aux battues qu'aux réunions et même aux repas d'amitiés que les chasseurs organisent deux fois par an.

Il n'y a pas d'histoire connue l'impliquant d'une manière ou d'une autre avec un membre ou un tiers.

En questionnant les autres associations de la région, les gendarmes ne trouvent aucune information.

Toutefois, quelques heures après avoir été interrogé par les enquêteurs, le président de l'ACCA de Jeansagnière se souvient d'une anecdote. Il s'empresse de rappeler la brigade avec sa double casquette, celle de maire et celle de responsable des chasseurs.

« Oui rebonjour madame la gendarme, ici c'est Charles Bonneton le maire de Jeansagnière ».

« Oui m'sieur le maire, qu'est-ce qui vous amène ? ».

« Ben voilà je me suis souvenu d'une chose. Il y un gars de Chalmazel avec qui le mort avait eu une altercation, ici à Jeansagnière. Pas grand-chose, mais il faut quand même le signaler ».

« Quoi donc M'sieur le maire ? ».

« Ben voilà. L'an passé on a décidé de faire une battue aux renards car le coin en était infesté. Nous voulions aussi que plusieurs terrains et bois soit nettoyés en même temps. On a donc demandé du renfort. En tant que président de la chasse, je me suis adressé à mes collègues des communes voisines. À Saint Georges l'association communale de chasse a proposé 4 de ses adhérents, volontaires pour l'opération, et la même chose pour celle de Chalmazel. On en a eu aussi de Sauvain ».

« Et de quel incident vous parlez ? ».

« *Dans les volontaires de Chalmazel il y avait eu le mort, Pierrefeux, et avec lui un gars du hameau de Boibieux à Sauvain et deux de ses copains. Pour ce qui concerne ces 2 autres, il s'agissait d'un nommé Aubin et d'un nommé Joan, tous deux de saint Georges, adhérents récents d'après mon collègue le président de Saint Georges* ».

« *Ouahh vous commencez à m'intéresser !* ».

« *Oui à la fin de la battue, le gars Pierrefeux avait fait des remontrances à deux de ses collègues. Il paraitrait qu'ils n'avaient pas suivi les consignes, qu'ils ne s'étaient pas posté comme il fallait, qu'ils avaient fait un peu n'importe quoi, qu'ils s'étaient arrêtés plusieurs fois pour se taper un coup de rosé de leur gourde...* ».

« *Jusque là pas de quoi fouetter un chat* ».

« *Je vous ai dit que ce n'était pas grand-chose. Si ce n'est qu'un des gars a répondu que la prochaine fois il ne se ferait pas emmerder par un teigneux et qu'il lui foutra même une décharge de 12 dans le cul !* ».

« *Eh bien dites donc, c'est sympa la chasse ! C'était avant ou après le casse-croûte et le vin du Forez ?* ».

« *Non non madame la gendarme, ne vous moquez pas. De toutes façons c'était avant* ».

« *Et c'était qui votre mec violent ?* ».

« *Je ne connais pas son nom. Mais je sais qu'il est de Saint Georges, et qu'il a Aubin comme prénom* ».

« *Merci m'sieur Bonneton pour cette information. On va creuser. Bonne fin de journée* ».

Bien vite à la brigade on fait le lien. Deux copains Joan et Aubin, c'est certainement le fiancé de la fille Coupeau et son copain Aubin Sorlin.

Ne devant pas se consacrer qu'à une seule piste, le juge demande en priorité de se consacrer au volet qui pourrait avoir un relent de politique. Il faut vite fait nettoyer le terrain et essayer de creuser la piste d'un écolo anti-chasse.

Les gendarmes font le tour des maires des communes avoisinantes, et questionnent le responsable politique d'Écologie-Les Verts de Montbrison.

Il apparait très vite qu'il n'y a pas de conflit entre les Verts et les chasseurs.

Au contraire il y a une belle entente et ils ont récemment encore participé ensemble à une série de conférences dans la Loire sur le Thème « Chasse raisonnée et écologie ».

Quand le lieutenant Barnot fait un point en fin de semaine avec ses hommes, il faut se rendre à l'évidence que les pistes explorées ne sont pas les bonnes.

Non il n'y a rien à se mettre dans le dossier et qui fasse avancer l'enquête.

Cizoux toutefois fait part d'une idée qui lui est venue.

Et si l'on faisait fausse route avec la notion de flèche ou trait. Et si on avait une attaque au pic à glace ou au piolet ou encore à la pioche.

Alors on reprend langue avec le légiste. Il élimine d'entrée la pioche.

Il demande réflexion avant de se prononcer pour le reste.

Après l'étude de cette question, il évoquera la possibilité du piolet, mais si tel est l'arme du crime, il semblerait alors qu'il y en aurait eu une autre, plutôt de forme triangulaire.

Et qui dit piolet, dit un assassin à moins de deux mètres de sa cible dans un sous-bois bruyant sous les pas.

Il laissera les gendarmes poursuivre leur idée, mais il semble sceptique sur cette piste.

Qui dit piolet dit montagnard... Cette supposition va s'avérer gourmande en temps de recherche pour aucun résultat tangible.

Quand tout cela aura été mis noir sur blanc et à disposition du juge, il ne restera à monsieur Morel qu'un autre type d'axe de recherche : un proche ou quelqu'un ayant été en lien avec Alain Pierrefeux.

Aubin Sorlin est convoqué à la brigade. Les militaires le connaisse car c'est un gars du village. Ses parents sont toujours éleveurs du côté du hameau d'Épezy.

On l'interroge sur ses relations avec le mort.

Aubin est tout penaud devant les questions de plus en plus insidieuse des gendarmes.

Oui il a eu une engueulade avec le gars Pierrefeux. Mais bon, il fallait toujours qu'il fasse des remontrances.

Il fallait qu'il soit le chef.

Il ne ratait pas une occasion pour chercher la petite bête.

« *Vous savez, m'sieur, la chasse avec lui c'était de plus en plus chiant !* ».

« *Et pourquoi avez-vous participé quand même à cette battue ?* » demande Lolita.

« *Ben mes parents avaient déjà eu deux attaques de renards dans leur basse-cour et je peux vous dire qu'à la maison on était remonté contre ce genre de bestiole. Alors quand on a demandé des volontaires pour dézinguer un max de r'nards, avec Joan on y est allé de suite !* ».

« *Que faisiez-vous le 2 octobre ?* ».

On sent que le jeune homme est de plus en plus effrayé, car il comprend qu'il est maintenant assis sur la chaise du suspect.

« *Vous pourrez vérifier, j'étais à Montbrison* ».

« *Il y a des témoins que l'on peut interroger ?* ».

« *Pour sûr ! »*.

« *Tenez, voilà un papier et un stylo. Allez-y mettez nous les noms »*.

« *Ben c'est pas la peine, faut demander à la mairie »*.

« *Et pourquoi jeune homme ? »*.

« *Ben simplement j'y faisais ma journée de service civique. On peut pas se tirer en douce dans un truc comme cela. J'étais arrivé avant 8 heures. Et j'suis rentré à la maison en fin d'après-midi »*.

Le gars va signer sa déposition.

Les gendarmes vont aller à la recherche d'informations sur cette journée à Montbrison.

Ils vérifieront ainsi que le jeune Aubin a dit la vérité. Et compte tenu des horaires de sa journée, il ne pouvait pas avoir commis le crime en question.

Alors on va lancer des enquêtes de voisinage, on interrogera, on réinterrogera sa famille, sa copine et ses parents.

On passera au gril ses connaissances. On décortiquera les emplois du temps de ses collègues, les relations qu'ils entretenaient, les histoires éventuelles…

Après plusieurs semaines infructueuses, il ne restera que le crime passionnel, la vengeance et l'attaque d'un rôdeur…

On ne lui trouvera pas de liaison extra-conjugale. Il n'aura pas été victime d'un mari jaloux.

On ne trouvera pas non plus d'histoire autour de Catherine sa copine.

Elle non plus ne semble pas avoir d'amant.

La piste passion semble s'éteindre d'elle-même.

Alors en attaquant l'aspect violente rétorsion, très vite les gendarmes plongent dans une impasse.

Qui pouvait bien crier vengeance envers un garçon sans aucune mauvaise relation, ni professionnelle, ni familiale, ni même dans la vie de la commune et de ses associations...

Le juge Morel rapidement tendra vers la piste du rôdeur, sans toutefois exclure un des jeunes de Saint Georges en Couzan qui avaient proféré des menaces de mort envers le défunt.

« Celui-là on le garde sous le coude et on vérifie tout ce que l'on peut à l'occasion ».

Quant à l'hypothèse du juge, l'idée ne sera guère satisfaisante pour les gendarmes qui n'ont jamais entendu parler de rôdeurs sur leur terrain...

Ils chercheront longuement, mais au grand désespoir du juge Morel, ils ne trouveront pas l'aiguille dans la meule de foin !

Le temps des souvenirs

Il y a bien longtemps déjà... le 12 octobre 2012...

C'était il y a déjà bien longtemps, les fiançailles de Fanette et Jojo...

Oui 5 ans déjà !

Jean Coupeau se remémore ce moment d'un grand bonheur.

Il est, comme chaque semaine, devant la tombe du cimetière de St Georges.

Il vient parler à sa femme et à sa fille. Sa femme Aglaé est décédée de tristesse après la mort de leur fille. Il est venu avec un petit pot de chrysanthème.

Après avoir nettoyé les fleurs fanées, installé sa fleur fraîche, il peut alors prendre du temps pour ses deux femmes.

Il leur énumère les faits divers de la semaine. Puis comme pour fêter l'anniversaire de cette fête, il se refait le film de la journée de fiançailles. Et il partage ses remarques et ses sentiments avec ses défuntes.

Il raconte comment il a vécu cette fête familiale à leurs côtés.

Il se refait le film de leur vie bouleversée.

Il raconte toujours les mêmes choses. Il s'assoit quelques fois sur la pierre, pour toucher ce granit qui le sépare de ses femmes chéries.

« *Toi ma chérie, tu étais si belle dans ta robe. Et je ne t'ai jamais vu avec un aussi beau sourire* ».

« *Ah vous en faisiez des envieux toi avec Jojo. Vous étiez si amoureux. Quel bonheur* ».

Un repos, une larme glisse sur sa joue…

« *Et toi mon Aglaé, devant le bonheur de notre fille, tu état simplement radieuse !* ».

En silence, il glisse la main sur la pierre tombale. C'est sûrement pour renforcer encore son propos mais aussi pour lui une façon de cacher son émotion.

Il reste là, accroupi, une main sur la tombe, l'autre sur un genou…

Le temps défile, mais il n'en n'a cure.

Il se redresse au bout d'un moment et s'assoit au pied de la pierre.

Il peut caresser le petit ange en faïence blanche.

En octobre on ne peut déposer d'autres fleurs que celles de la Toussaint, car elles ne tiennent pas avec les premières gelées nocturnes.

Alors il contemple les objets qui décorent la tombe.

Jojo a déposé un très joli cœur.

Aglaé a voulu y mettre une pièce peinte avec la photo de sa fille au centre sous une résine transparente.

Lui avait de suite choisi un petit ange… Sa fille montée au ciel est maintenant partie jouer avec eux…

Des inconnus ont posé sur la pierre des galets, des fleurs en poterie…

Puis il reprend tout doucement pied dans la réalité du moment.

Nous ne sommes pas en 2012, mais bien en 2017.

Il fait part des dernières nouvelles.

« *On a encore retrouvé un macchabée dans les bois au-dessus de Jeansagnière* ».

« *Tout le monde se demande pourquoi il y a cette série de meurtres ou de disparitions dans la région. Pour sûr ce n'est pas normal* ».

« *Paraitrait même que c'est la vengeance d'un anti-chasse. Vous rendez-vous compte dans quel monde on vit maintenant* ».

« *Même que j'ai dit à Jojo de faire attention à lui car si c'est un écolo qui braque les chasseurs, il faut pas qu'il se fasse tirer comme un lapin* ».

« *Et pis qu'il dise à son copain Aubin de rester en dehors des prochaines battues... On ne sait jamais ce qui peut passer dans la tête d'un fêlé* ».

« *Bon les filles, c'est pas que j'm'ennuie, mais faut qu'je rentre* ».

« *Ce soir au menu c'est omelette aux girolles. Je suis allé ce matin dans mon coin favori et je peux vous dire que je me suis fait un sacré beau panier. J'ai d'ailleurs prévu d'en congeler une partie avant de les laver et les nettoyer* ».

« *Je sais que ça vous fait envie. Mais bon je ne peux pas vous la faire goûter !* ».

« *Je vous aime* ».

« *À plus* ».

Le moindre quidam curieux qui aurait entendu son propos aurait de suite pensé à quelqu'un en déprime, ou pour le moins en décalage notoire avec la réalité dans laquelle il vit.

Oui pauvre homme, il est manifestement détruit à petit feu par les malheurs que sa famille a enduré ces dernières années.

Il remonte maintenant tranquillement vers le bourg depuis le cimetière.

Il se paie même un détour et passe devant la gendarmerie. Il faut dire qu'en passant par-là, le chemin est bien plus long mais surtout il est nettement moins pentu !

Il stoppe sa marche pour laisser passer une voiture bleue qui sort du parking avec La Mouche au volant.

Le gendarme, stoppe sa machine et sort. Il salue le brave homme et lui demande s'il a des nouvelles d'Aubin, le copain de Jojo.

« *Ben non. Et vous lui voulez quoi à ce gars-là ? C'est un bon p'tit gars vous savez* ».

« *Rien de bien particulier, mais quelqu'un a dit qu'il avait eu un différent avec un autre chasseur lors d'une battue* ».

« *Vous voulez parler de la battue au renard que Bonneton le président de la chasse de Jeansagnière avait organisé. Je suis au courant. Jojo et lui sont passé à la maison après cette chasse et ils m'ont raconté ce qui c'était passé* ».

« *Oui et alors ?* ».

« *Alors ? Rien. Un gars les avait emmerdés car ils ne suivaient pas les consignes. Il se prenait pour un caïd et avait envie de commander tout le monde. Mes deux jeunes l'avaient envoyé balader et ils en rigolaient encore quand ils m'ont raconté cela* ».

« *Oui Aubin nous a dit cela, mais il faudrait que nous en soyons sûrs. On va bientôt demander l'avis de Joan* ».

« *Vous perdez votre temps. Et pourquoi donc les passer au gril ? Vous avez déjà convoqué Aubin. Ce qu'il vous a dit ne suffit donc pas ? Vous cherchez quoi au fait ?* ».

« *Simplement parce que le gars avec qui ils ont eu cette altercation, c'était Pierrefeux qu'on a retrouvé mort assassiné l'autre semaine* ».

« *Ah merde ! Ben vous connaissez leurs adresses, alors allez-y, repassez les gars au gril, mais je vous dis que vous perdez votre temps* ».

« *Merci m'sieur Coupeau. Bonne soirée* ».

« *À un de ces moments m'sieur le gendarme* ».

Mais à la demande du juge, à la brigade on a d'autres chats à fouetter…

Ils ont mission de reprendre contact avec les armuriers des villes voisines. Il faut reprendre les contacts et relever toutes les ventes d'armes ayant un lien direct ou non avec la chasse.

Il va y avoir du travail.

D'abord il faut se déplacer. Ensuite il faut faire éplucher tous les livres de vente, relever tout ce qui peut être relevé comme le nom de l'acheteur, ses coordonnées et le détail de l'achat.

Ensuite pour ceux pour lesquels il n'y a pas d'adresse complète, il faut alors aller à la pêche…

Et la liste est longue. Et la diversité des choses est impressionnante.

On passe de la fronde, au couteau de chasse, de la carabine de loisir au fusil de chasse top-modèle, du viseur point rouge à la lunette dernier cri, du talkie-walkie à la corne, des cartouches de plombs aux balles à sanglier…

Mais on a aussi les poings américains, les armes de poing, les pistolets à billes, les armes pour le paint-ball, les étoiles de jet, les battes de base-ball, les cordons de nettoyage. etc…

Il y a un seul achat de carcan et flèches, et rien d'autre ressemblant à la pointe d'un jet ayant provoqué les terribles blessures au mort des Placiaux.

Il faut ensuite se coller au tri dans tout cela. On ne conservera que les éléments pouvant provoquer un knockout qui a pu être suivi de la tuerie, et tout ce qui pouvait être létal en une ou plusieurs fois.

On trie, on passe au crible et il reste quelques rares choses.

Le carcan de flèches, les deux dagues récemment achetées, quel piètre bilan au bout de tant de jours de travail et de recherches harassantes. Ils ajouteront deux opinels, un piolet...

Le lieutenant demande ensuite au juge de demander l'aide du légiste.

Ce dernier dans les jours qui suivront se penchera sur la liste à la Prévert donnée par les gendarmes.

Non il a déjà dit que la flèche ne lui semblait pas être l'arme utilisée.

Une dague, oui peut être mais l'arme fatale est autre.

Un opinel, soyons sérieux, cela ne provoque pas des plaies identiques à celle d'une grenade ! Et d'ailleurs ce n'était pas une grenade...

Quant au piolet il a déjà donné son avis.

Et au grand dam de ces derniers, rien de cette liste ne retiendra l'attention du spécialiste.

Non la mort a été donnée avec autre chose...

Retour sur le temps des mauvais jours

Le malheur du 21 octobre 2012

Souvenez-vous.

Sur la route maudite de Sail, sur les lieux mêmes de l'accident de Mathieu, il y avait eu l'accident de Fanette. Elle habitait à St Georges et travaillait à la maison de retraite « Les fils d'argent » à Sail sous Couzan.

Un soir en rentrant de son travail, le 21 octobre 2012 dans la montée, elle avait fait un tout droit après les Petites Combes et étaient sortie de la route.

Sa voiture dans la chute avait fait un soleil.

La conductrice avait été éjectée mais avait été recueillie encore vivante mais dans un état critique. Elle avait un fort traumatisme crânien.

Pendant ce temps sa voiture brulait à quelques mètre…

Un autre véhicule avec à son bord quelques jeunes descendant au resto de Boën était arrivée au moment où une fumée épaisse s'élevait.

Les jeunes ayant constaté le brasier et surtout qu'il leur était impossible d'atteindre la jeune femme blessée, avaient appelés les gendarmes.

Ils étaient présents à l'arrivée des secours et ont fait leur déposition auprès des militaires.

C'est eux qui dans le premier virage de la descente, ont vu une voiture montant en trombe leur couper la route.

Un type de véhicule, une couleur un bout d'immatriculation, le faible signalement du conducteur... Et la voiture faisant un tout droit devant eux... Ils ne pouvaient rien faire.

Ils ont simplement laissé leurs identités avant de repartir. Nul ne sait si leur diner fut aussi gai et sympathique que ce qu'ils avaient imaginé au départ.

Par contre les hommes de la brigade de Saint Georges sont dans l'expectative.

Les indices recueillis sont faibles. Pas de trace de freinage, pas de trace particulière sur la voiture calcinée et bien amochée par sa cabriole.

Si le pavillon est peu enfoncé, l'avant est déchiqueté et l'arrière est tel que l'on ne distingue quasiment plus le coffre.

On ne distingue plus les pneus carbonisés et l'hypothèse d'un éclatement ou d'un déchapage ne peut être examinée.

Non on ne trouve rien sur le véhicule.

Dans le dossier établi à l'arrivée à l'hôpital on ne trouve rien à verser au dossier d'enquête.

Non, la victime n'avait pas de trace d'alcool dans le sang. Et il n'y avait pas non plus de drogue...

Est-il possible qu'un tiers soit en cause ?

Les militaires planchent sur l'hypothèse.

Et si une voiture avait percuté par l'arrière Fanette, l'envoyant dans le vallon ?

Il y aurait alors des débris, de verre par exemple, en amont du point de choc. Mais non, il n'y a pas cette constatation sur place.

Les jeunes témoins n'ont pas signalé de voiture dans le sens de la montée immédiatement derrière la voiture faisant le tout-droit...

Alors la vitesse peut-elle être la cause unique de l'accident ?

Le papa de la victime, ne croit pas à la vitesse excessive surtout dans la montée d'autant plus que le véhicule était d'une toute petite cylindrée. Elle devait à peine frôler les 60 à l'heure. D'ailleurs pour tenter de comprendre l'accident, il avait plusieurs fois fait le trajet emprunté par sa petite.

Mais non, lui qui a un véhicule de même cylindrée que celle de sa fille, il n'imagine pas que la simple vitesse ait pu lui faire sauter le talus et plonger vers la mort…

À force de réflexion, il lui vient l'idée que la plongée ne pouvait être que le résultat d'une double action de la conductrice : accélération au maximum et coup de volant violent…

Quand il en fait part aux gendarmes, ceux-ci lui indiquent que cela fait effectivement partie d'un des scénarii envisagés.

Oui mais pourquoi ce geste inconsidéré alors ?

Les enquêteurs se sont fait plusieurs schémas.

D'abord un animal sauvage ayant effrayé Fanette.

Ensuite un tiers ayant attaqué la jeune femme, soit en plongeant sur la route soit en attaquant comme avec un lance pierre, car on est certain qu'il n'y a pas eu de coup de feu.

Pour l'animal sauvage, on questionne à nouveaux les témoins et les pompiers.

Pour les premiers ils n'ont vu aucune bestiole style cochon ou chevreuil. Quant à une fouine ou une belette, personne ne peut confirmer ou infirmer et les gendarmes se disent que c'était une trop petite bête pour provoquer un tel désastre.

Quant au tiers impliqué...

D'abord, est-ce que cela peut être un fada se jetant sur la route depuis le remblais de rochers.

Plausible.

Mais pourquoi ? Et surtout les témoins auraient dû l'apercevoir, au moins dans sa fuite.

Un doute subsiste car après le virage il aurait pu être masqué pour les jeunes qui descendaient.

Alors qui donc ?

Peut-on avoir blessé la jeune fille avant sa plongée ?

Trois hypothèses sont alors formulées.

Un éboulement de rocher tombant sur la route au mauvais moment.

Quelqu'un qui restera invisible des témoins jetant un pavé sur le parebrise de la voiture.

Quelqu'un suffisamment bien placé tirant à la fronde et atteignant la tête de la victime qui dans un réflexe de survie appuie à fond sur le champignon, braque violemment et plonge…

Pour la première idée, il apparait très vite que ce n'est pas une bonne piste. Il n'est pas noté d'éboulement.

Pour la seconde, il n'y a pas de débris de pare-brise sur le bitume, il n'y a pas de pierre restée sur la route si l'on en croit les constatations, et les témoins n'ont rien vu de ce genre.

Alors reste le geste intentionnel avec un jet de projectile.

Une fronde pourrait alors être l'arme utilisée.

Mais alors pour quoi s'en prendre à Fanette ?

Dans ces cas là il faut chercher dans la vie de la victime.

Alors les pistes qui s'ouvrent sont nombreuses.

Après une synthèse et mise en commun de toutes les informations en possession de la brigade, après avoir confronté les idées avec le juge, il reste sur l'établi de travail des enquêteurs que les 3 scénario suivants :

- Un différent professionnel avec quelqu'un de Sail
- Un différent dans la vie personnelle sur un projet ou une action s'étant mal terminée
- Une vengeance sur fond de dépit amoureux

Alors on va passer à la moulinette des questions tout le personnel de la maison de retraite de Sail sous Couzan.

On questionne même les commerçants alentour.

Le moins que l'on puisse dire est que Fanette était appréciée et aimée de tous, tant les résidents que le personnel et les commerçants côtoyés.

Fanette avait les faveurs de tous et les félicitations pour son travail de tout le personnel et de la direction.

On ne peut rien tirer de cela.

Peut-il y avoir un lien professionnel avec son père. Serait-ce une vengeance. Et pour toucher le père, quelle meilleure cible que sa fille unique et tant aimée.

Au bout de quelques temps, cette orientation de l'enquête sera définitivement abandonnée.

Peut-il y avoir un problème d'ordre commercial avec quelqu'un de Sail ?

Non aucun projet, aucun différent…

Est-ce avec un commerçant de Saint Georges en Couzan ? Non plus, on ne trouve rien. Quant à élargir la zone de recherche, autant dire que cela ne sert à rien si on n'a pas un début d'indice…

Alors avait-elle un projet caché qui se serait mal terminé ?

Il y aura des jours et des jours de recherche. Non il faudra se rendre à l'évidence que s'il y a un tiers impliqué dans l'accident, ce n'est pas de ce côté-là qu'il faut chercher.

Alors dans son environnement immédiat ?

Au plan sentimental, elle n'a jamais eu de relation tumultueuse. Elle aura bien un ou deux flirts quand elle était ado. Puis un jour Joan avait fait un travail chez ses parents… Ce fut le tilt.

Son amour, son premier amour. Et pas autre chose à mentionner…

Un tiers en cause dans la catastrophe ayant coûté la vie à Fanette ?

Pour l'instant on classe l'idée, mais on ne la perd pas dit le juge Morel.

Le temps de la révolte

Dans les Monts du Forez, 1ᵉʳ mars 2018

Les diverses enquêtes piétinent.

Les familles du mort de la scierie et du trucidé des Placiaux se connaissent. Longtemps, elles ont habité proches l'une de l'autre et quand les enfants étaient petits, ils étaient toujours ensemble.

Mathieu et Alain sont même restés copains jusqu'à ce que la vie, les déménagements, la vie sentimentale soient autant d'obstacle à la suite d'une fréquentation assidue.

Les parents Bonnin sont les plus actifs dans la recherche de la vérité sur l'atroce accident survenu à Mathieu. Qui plus est, ce sont les plus entêtés à toujours demander aux enquêteurs l'avancée vers une solution.

C'est eux qui prennent contact avec l'entourage de Pierrefeux.

Catherine, abonde dans leur sens : il faut faire une opération spectaculaire pour bousculer la justice et sa lenteur abominable.

Oui cela ne peut plus durer.

Catherine pense alors à Kévin Monteil le disparu de Jeansagnière retrouvé quelques temps plus tard dans sa fosse à lisier.

Là encore, le dossier n'a pas avancé.

De ces contacts va naître une entente autour d'un avocat unique qui va leur apporter une aide considérable et surtout les guider dans les actions à mener.

On va faire fi des autres avocats ayant œuvré sur le dossier.

Place à Maître Vachon de Saint Étienne. C'est un des leaders du barreau du département, avec l'expérience sur des dossiers complexes. N'a-t-il pas été à l'œuvre dans le dossier des trois disparues du Pilat il y a une dizaine d'années. 3 jeunes femmes, toutes du même quartier de Sainté[16], à peu près du même âge avaient été portées disparues en quelques mois…

Il n'aura de cesse de fouiller, de chercher les pistes inexplorées, de remuer ciel et terre jusqu'à ce que son talent, sa ténacité, l'aides des familles et un brin de chance, fassent émerger un fil à tirer…

L'assassin fut arrêté, jugé, embastillé !

C'est encore Daniel Vachon qui aura à mener à bien le dossier improbable d'un septuagénaire retrouvé dans les cendres de sa maison incendiée. Pour tous, c'était à l'évidence le décès par suicide d'un homme seul et instable…

Et grâce au travail de l'avocat, on pourra déterminer qu'il s'agit d'un vol suivi d'un meurtre maquillé en suicide…

Plusieurs mois après, l'auteur se suicidera à l'arrivée des gendarmes venus le cueillir pour qu'il réponde de ses actes…

Fort de cette expérience, l'avocat va donc s'associer aux familles.

Une réunion pleinière est organisée chez les parents Bonnin avec sa participation.

---

[16] Sainté = Saint Étienne

Diverses idées sont avancées et discutées.

Les Bonnin veulent une conférence de presse pour secouer le juge d'instruction.

Catherine veut écrire une lettre ouverte à destination des médias régionaux afin d'attirer l'attention sur le sort de son petit bonhomme et sur le sien. Un assassin court toujours la campagne. Il peut recommencer.

Pour Monteil, ce sont les Bataillon, en fait les parents de Marie Cécile, l'ex copine du mort, qui vont se joindre à la démarche.

Pour eux, il faut trouver le moyen remuer le pays. Alors pourquoi ne pas participer pendant quelques temps, aux marchés dans les diverses communes importantes. Le mardi à Feurs, le mercredi à Chalmazel, le jeudi à Boën, le vendredi à Sail sous Couzan, le samedi à Montbrison et un second à Feurs…

Ils poursuivent dans leur idée en précisant qu'il faudrait installer un écriteau au sein du marché quitte à se transformer en hommes et femmes sandwiches s'ils ne sont pas autorisés.

Une information préalable au cabinet de chacun des maires serait faite avant.

Des tracts pourraient être fabriqués et distribués ultérieurement si cela ne suffit pas.

Et 6 marchés par semaine, 3 familles, cela fait deux pour chacun pendant 2 à 3 semaines, c'est largement faisable.

L'idée séduit car elle est bien dans la lignée de ce que les Bonnin ont lancé : être actifs et alerter le plus grand nombre…

L'avocat commente les diverses idées.

Une conférence de presse, c'est pour frapper l'opinion et les décideurs.

La lettre ouverte ne suffit pas. Mais elle peut être intéressante en même temps que la demande de rencontre avec la presse.

Les marchés pourraient fort bien être utiles après l'action choc, pour entretenir et être au plus près des populations en danger éventuel.

Mais il ajoute…

« *Quelle que soit votre action, elle sera d'autant plus impactant pour l'enquête et le juge, si vous avez l'aval et le soutien d'élus* ».

Dans l'assemblée, personne n'avait pensé à cela. Il poursuit :

« *Oui avant tout, je vous propose que nous fassions un plan d'actions. Puis nous ferons une communication aux députés et sénateurs* ».

« *Ensuite votre lettre ouverte doit être envoyée aux autres élus de la région tant au plan des conseils départementaux et peut être plus tard régionaux, qui sait ?* ».

« *Et dès le premier jour, envoyez aux brigades et au juge ! Si vous le voulez, je ferai moi-même l'information au procureur Michalon. Jean René est un très bon ami à moi* ».

« *J'ai quelques contacts dans la presse, tant écrite que télévisée régionale. Je vais voir à prendre des contacts pour que vos demandes arrivent sur le bureau de gens déjà préparés et enclins à participer* ».

« *Mais surtout, dès le premier jour, informez les maires de vos communes. Il faut qu'ils soient aussi à vos côtés* ».

Alors on résume, on se partage la préparation, on se donne un calendrier.

Une date de prochaine réunion est fixée. On devra à la sortie avoir validé les textes, les destinataires et le calendrier !

Et le contact anticipé avec les maires va apporter un changement dans l'affaire.

Et quand je dis un changement je devrais dire deux !

Marianne Garnier la mairesse suggère de prendre contact avec les Coupeau. Ils n'ont jamais accepté la thèse de l'absurdité de l'accident de leur fille. Pour eux un tiers est en cause… Alors il y a peut-être là dans l'action des familles, de quoi réveiller une conscience.

Quand on vient en parler à Antoine Merlot, le maire de Chalmazel fait une suggestion :

« *Vous savez sûrement que nous avons aussi un dossier non refermé. La mort de Jean Pierre Marotte à l'Ermitage* ».

« *On ne sait toujours pas comment il a pu tomber, sauf à se jeter lui-même, mais la rambarde est haute et il faut soit vouloir l'enjamber et son collègue l'aurait vu, soit être saisi d'un sacré malaise, et il ne semble pas que ce soit le cas d'après les examens toxicologiques…* ».

« *Non pas pour retrouver un assassin, mais simplement pour savoir la vérité sur ce qui s'est passé, je suis certain que son entourage pourrait se joindre à vous* ».

« *Si vous voulez, je leur en parle* ».

Et c'est ainsi qu'à la réunion suivante, Jean Coupeau participe, ainsi qu'un des deux frères de Jean Pierre Marotte.

Voilà les petites souris qui se mettent à l'ouvrage, ah oui alors ! Avec courage, avec détermination, chacun œuvre sur la tache qui lui a été alloué.

Une armée de trotte menu qui s'en va gravir des montagnes, car le challenge qui les attend est bien de cette nature : pour une première ascension, c'est tout de suite une face du Montblanc qui est à gravir !

Les jours passent et les voici arrivés à la date fatidique : la conférence de presse du mercredi 28 mars.

Ils ont décidé qu'il y aurait un seul représentant de chaque famille devant la presse, entourant maître Vachon. D'autres pourront prendre place dans la salle.

Et quand arrive l'heure, la salle est couverte de brouhaha. La salle de la mairie de Saint Georges en Couzan a été choisie. Elle est pleine à craquer.

Et il y a du beau monde qui attend les familles.

La télévision de France régions, BFM Lyon, les radios, de France Inter à RTL, de Radio bleue à Radio Plaine, et tout un ensemble de la presse écrite.

Le Progrès, la Montagne, l'Essor, le Pays Roannais, sont présents à mes côtés.

Les maires des diverses communes sont là et Marianne Garnier siège même au fond de la salle aux côtés de Monsieur Trabot député de la circonscription, député de la majorité présidentielle, et à côté du lieutenant Barnot, le chef de la brigade de gendarmerie locale.

L'avocat entre, suivi des 5 représentants des familles.

Tout le monde prend place.

Si Jean Coupeau et François bataillon sont « droits dans leurs bottes », affrontant les yeux inquisiteurs, les autres sont plus effacés et surtout très influencés par ce monde, et on lit dans leurs yeux à la fois la douleur que l'on ravive en parlant d'un des leurs, et la crainte d'être interrogé directement…

Maître Vachon entame.

Son message est clair : trop de zones d'ombre sur tous ces dossiers. Et s'ils ne se ressemblent pas ni en terme de modus operandi ni en terme d'avancée des enquêtes, la situation stagne depuis trop longtemps.

Ensuite il détaille avec un point pour lui majeur sur chaque dossier.

« *Les représentants de chaque famille répondront à vos questions mais nous pouvons déjà vous donner le point majeur de chaque dossier que nous aimerions voir traité de manière plus efficace par le juge et les enquêteurs* ».

« *Pour Fanette Coupeau, le premier dossier dans l'ordre chronologique, la famille est certaine qu'il ne s'agit pas d'un simple accident. Oui c'est peut-être un accident, mais en aucun cas un sinistre sans présence et action d'un tiers* ».

« *Car enfin vous avez déjà vu une voiture de petite cylindrée, dans une forte pente face à elle, décoller par suite d'une vitesse excessive et plonger dans un ravin. Non, il y intervention d'un tiers et pour le moins de non intervention à personne en danger de mort* ».

« *S'il y a eu choc, quelqu'un est peut-être au courant d'une réparation faite dans le secret. Il peut même de manière anonyme nous donner l'information ou plus encore l'envoyer aux enquêteurs, n'est-ce pas mon lieutenant ?* ».

« *Oui* » répond le chef des gendarmes.

Jean Coupeau acquiesce d'un bon coup de tête.

« *Pour Jean Pierre Marotte, des zones d'ombre subsistent dans le dossier. Il est tombé par-dessus une balustrade. Il n'y a aucun élément toxique dans son corps* ».

« *A-t-il voulu en finir avec la vie. Sa famille n'y croit pas. Non cet homme très croyant luttait vaillamment contre la maladie et se savait condamné à court terme. Sa foi ne pouvait en aucun cas être compatible avec une mort volontaire. Alors comment est-il mort ?* ».

Le frère Marotte présent valide à son tour d'un geste du menton.

« *Pour Mathieu Bonnin, le dossier est en cours et n'avance pas. D'après le dossier d'enquête il y aurait eu une petite et minuscule plaie derrière la tête. Ce n'est pas en tombant face contre terre que l'on s'abime l'arrière du crâne* ».

« *Alors que l'on tend du côté du juge plutôt vers un accident, nous pensons qu'il faut plus chercher sur une éventuelle agression ayant entraîné la chute du corps sous la scie* ».

Plusieurs personnes approuvent et l'on entend même une apostrophe dans la salle :

« *Oui. On a tué not' Mathieu. Et on n'a même pas cherché à voir si y avait des traces laissées par un véhicule sur le terrain de la scierie et aux alentours* ».

Le brouhaha gonfle puis s'estompe. L'avocat continue.

« *Pour Kévin Monteil, le dossier en cours piétine. Oui il a une énorme plaie à la tête, au niveau du cervelet* ».

« *Mais pensez-vous vraiment qu'en tombant la face la première, on se fracasse le cou et le cervelet ?* ».

« *Oui mais nous dit-on, cet alcoolique a bien pu tomber tout seul dans sa fosse à lisier et se blesser lui-même . Nous considérons cette position comme inepte* ».

« *Ouaie !* » entend-on dans la salle…

« *Reste le dernier dossier en date. La mort dans d'atroces conditions d'Alain Pierrefeux. Ce paisible ramasseur de champignons découvert horriblement massacré, il n'y a pas d'autre mot, au fond d'un bois* ».

« *L'enquête comme les autres ne donne rien. Alors ce que nous cherchons est d'alerter le plus grand nombre de nos concitoyens* ».

« *Les indices laissés sur les plaies font dire au médecin légiste que le type d'arme est rare. On peut imaginer l'utilisation d'une arbalète. Alors qui dans la région connait quelqu'un propriétaire d'une telle arme ? Ou encore qui a acheté une telle arme à un particulier local ? Ou encore qui a vu quelqu'un utiliser une telle arme ?* ».

« *Et puis mesdames et messieurs, qui nous dit que nous n'avons pas un dangereux tueur pouvant récidiver, se baladant tranquille dans la nature ?* ».

La salle s'ébroue… On parle au voisin, on se penche en avant, les questions vont fuser…

L'avocat est celui qui à la tribune va essuyer le plus grand nombre de questions.

Des détails sont demandés aux familles, mais ce sont des choses insignifiantes qui ne feront de toutes façons pas progresser le dossier.

Pour ma part je demande si la piste de l'écologiste anti chasse a été creusée jusqu'au bout, car quand même le message des douilles disposées autour du cadavre cela devait avoir une signification…

« *Dans l'état du dossier que nous avons pu consulter, cette piste a été abandonnée* » répond Maître Vachon, qui ajoute :

« *Il y une très bonne entente entre la société de chasse locale et le parti des verts. Ils montent régulièrement des opérations de communication grand public ensemble. Rien ne ressort de ce côté-là. De même j'ajoute que la piste d'un règlement de compte entre chasseurs ne fait pas pour l'instant la priorité de l'enquête* ».

Mais le final revient au père Anselme.

Quand l'avocat annonce qu'ils prendront une dernière question, il lève la main, se lève avec fracas de sa chaise en la renversant, enlève sa barrette et fait un signe de croix.

« *Monsieur l'avocat, permettez que je dise combien le pays est traumatisé par cette série de disparitions. Que des gamins pour ainsi dire. Non ces dossiers ne doivent pas dormir au fond d'un placard* ».

« *Comme on dit chez moi au Bouenza, on n'attrape pas un lion avec un crayon. Il faut avancer. On dit aussi que le mouton a craint le loup toute sa vie, et pourtant c'est l'homme qui l'a mangé* ».

« *Alors mesdames et messieurs permettez que je vous dise. Attention à ne pas prendre de fausses pistes, à suivre de trop nombreux loups, à pister de trop grandes quantités de moutons considérés comme proie potentielle, alors que c'est un quidam qui tirera les marrons du feu. Ne soyons pas obtus. Sachons regarder tout autour de nous* ».

« *N'attendons pas la tempête, n'attendons pas la récolte des familles luttant pour la vérité sur le sort de leurs enfants. Non, comme on dit chez moi en Afrique, c'est quand il y a un grand vent qu'on voit le cul de la poule* ».

Il rattrape sa chaise toujours à l'envers et se rassoit.

Il est salué par des applaudissements, y compris de la part de l'avocat, du père Bataillon et plus discrètement par Jean Coupeau qui ne semble guère apprécier les « congolaiseries » du prêtre.

Le temps des réactions tardives

Saint Étienne le 29 mars 2018

Le procureur réagit aux communications de la presse le lendemain.

Le juge et son cabinet sont outrés que l'on puisse laisser penser qu'autant de pistes n'ont pas été explorées, car enfin, qu'avons-nous dans les dossiers ?

Une gamine qui ne sait pas conduire et qui a un accident de voiture ?

Un désespéré à deux doigts de la mort qui ne peut plus vivre plus longtemps ses douleurs ?

Un poivrot accidenté et tombé dans sa fosse à purin et avec de grandes bottes aux pieds, ça ne pardonne pas et on ne remonte pas !

Un accident du travail !

Et effectivement il y a bien un meurtre dans les bois sous les Placiaux. Et lancer un appel à témoin sur l'arme du crime alors que divers enquêteurs sont sur le dossier, c'est une affaire politique !

Oui quelqu'un veut saboter l'enquête !

Remettre sur le tapis la piste des écologistes n'a pas de sens.

On veut lui mettre des bâtons dans les roues au juge. Ah il en est certain, sa progression de carrière a dû susciter bien des rancœurs et jalousies.

Il contacte le procureur et les deux hommes tombent d'accord, même si le proc est quand même plus nuancé quand il parle des divers dossiers.

Il faut réagir !

Il est décidé que le procureur et le juge, en présence des responsables des enquêtes, vont à leur tour rencontrer la presse.

Il est également décidé à modifier la trajectoire de certaines enquêtes.

Il demande au juge Morel en charge de l'affaire de la mort du chasseur de reprendre trois points :

- Le dossier Marotte et la petite plaie à l'arrière du crâne. A-t-on fait toutes les expertises sur un objet trouvé sur place. Qu'en est-il du cavalier métallique trouvé près du corps ?
- Redécortiquer le dossier de l'accident de la petite Coupeau. Les arguments de l'avocat ne peuvent pas rester sans réponse. Il faut rechercher dans l'hypothèse d'un véhicule tiers en cause.
- Faisons table rase des hypothèses concernant l'arme ayant tué le ramasseur de champignons. Cherchons d'autres types d'arme. Ne restons pas figé sur l'idée d'une flèche ou d'une arme triangulaire.

Le procureur insiste sur l'importance d'avoir des nouveautés avant de se présenter à la presse.

Il fixe la date de la conférence au mercredi suivant le 4 avril.

Le juge fait part de son désaccord, car cela ne laisse que peu de temps pour avancer.

Rien n'y fait ! Ce sera le 4 et voilà tout !

Alors le juge va faire redescendre sur les équipes d'enquêteurs tout son mécontentement, assorti de directives un peu trop nombreuses pour que la situation se débloque selon l'avis du lieutenant Barnot.

Ce dernier en prend pour son grade sous le prétexte qu'il n'est pas intervenu pour contredire l'avocat durant la réunion presse des familles.

Mais comme l'eau de pluie sur la carapace d'une tortue, cela ne fait ni chaud ni froid au gradé qui a compris que tout l'arbre judiciaire enfin se mettait en mouvement.

Morel lance une série de questions, dans une formulation plus à la Prévert que logique... Mais enfin, un observateur dirait quand même que le petit juge se relève les manches et que ce n'est pas trop tôt.

Il demande que Saint Georges en Couzan retourne à la pêche aux infos à Olliergues sur l'algarade de La Chambonnie. Il faut se renseigner pour savoir si une enquête en porte à porte dans le village a eu lieu.

Il demande au légiste de réexaminer ses conclusions en demandant une nouvelle autopsie de Pierrefeux, le corps étant toujours à l'IML. Il y aura lieu de vérifier si la plaie ou les plaies ont pu être consécutives à des coups portés par des instruments non encore étudies : rasoir, serpe, tronçonneuse.

Il demande à ce que l'on contacte tous les garagistes et réparateurs automobiles du Forez et de la Plaine afin de rechercher une action non prise en charge par un assureur sur un véhicule accidenté.

Il faut faire le tour des casses auto afin de tenter de trouver un achat de pare-chocs ou d'aile durant les jours ayant suivi l'accident.

Il souhaite qu'une équipe reprenne le dossier de l'Ermitage. Est-il possible de faire une reconstitution avec un mannequin et d'examiner les diverses possibilités de chute ? Il contactera la brigade de Noirétable et les pompiers locaux. En un mot l'intervention d'un tiers est-elle envisageable ?

Enfin il demande si l'on a des éléments conservés de la scène de l'accident de la scierie. Si oui, cherchons autour de cela en considérant comme cas d'école qu'il ne s'agit pas d'un accident !

Et quand il en a fini de brosser ce tableau, il assomme son interlocuteur en lui fixant l'absolue nécessité d'avoir des résultats pour le lundi suivant.

Il informe Barnot de sa présence requise à l'opération décidée par le procureur le mercredi suivant…

Et vlan…

Tant pis si le week-end qui arrive est le week-end de Pâques et si la date butée est un jour férié.

Barnot convoque son adjoint. Il lui expose les faits. Et le juteux, pas né de la dernière pluie, lui dit tout de go :

« *Mon lieutenant, il fallait s'y attendre. Avec Morel, il ouvre toujours son parapluie et ça n'a pas du lui plaire les propos de l'avocat. Vous en faites pas, vous verrez c'est toujours comme cela en réaction à la presse, dans toutes les enquêtes !* ».

Alors les militaires vont endosser la responsabilité de nouvelles recherches.

Par contre, les articles de presse font les beaux jours des discussions de bistrot et de rencontre dans les commerces des villages des Monts du Forez.

Comme partout, quand la police et la justice se font secouer, se font moquer, très vite la majorité de la population prend fait et cause pour la partie adverse.

Et c'est le cas à Chalmazel au Bar de la Soif.

« *Moi je dis qu'il faudrait que les juges y soyent élus comme chez les américains. Un mauvais juge et hop on le vire !* » affirme le père Goutorbe.

« Ouaie, et pis les policiers aussi comme les shérifs ». complète Titide qui replonge dans son verre ballon immédiatement.

Monmond, le tenancier tente de raisonner ses deux vieux, sentant chez eux un vent de révolte…

« Vous avez raison, sur nos affaires, on ne peut pas dire que le procureur soit bien futé. Mais bon, il en a résolu des affaires avec le juge Morel » et ajoutant aussitôt :

« Quant aux gendarmes, ils font leur possible. Alors un peu de calme messieurs ».

La porte du bistrot s'ouvre et le père Lao entre. Il salue les présents, commande sa menthe à l'eau et de suite se fait apostropher par Titide :

« M'sieur le curé, vous qui êtes impartial, pas comme Monmond, vous trouvez pas qu'y faudrait changer les juges et les gendarmes pour que la justice soit rendue vraiment ? Hein ? ».

« Oui messieurs, j'ai lu le journal moi aussi. Je trouve toutefois un peu d'impatience chez certains. Moi je fais confiance dans la justice et je suis certain que nos bons gendarmes vont aboutir et trouver réponse aux questions que l'on se pose tous. Comme on dit chez moi, quand les poulains sont impatients, ils donnent des coups de pieds et cela donne envie aux vieux d'en faire autant ».

On voit alors Titide baisser le nez dans son verre et le père Goutorbe, pour changer la conversation demander un autre petit rosé bien frais…

En fait, la population est changeante. Il a suffit d'articles de presse interrogatifs, de zones qui pour certains sont bien dans l'ombre sur chaque affaire et hop voilà tout le monde qui cherche à monter au créneau.

Les langues vont bon train.

Les basses vengeances aussi.

Marianne Garnier trouve ce matin-là dans sa boite aux lettres un courrier sans adresse ni destinataire.

Elle se dit que la personne n'a même pas prit le temps de mettre son nom sur l'enveloppe, et pense de suite qu'il s'agit d'une invitation d'association comme elle en reçoit souvent.

Mais l'enveloppe décachetée, il n'en est rien.

Une page blanche. Une phrase courte de cinq mots avec des lettres découpées dans des magazines :

« *Vengeance – Aubin et Jo coupables* ».

Elle appelle de suite la gendarmerie.

La Mouche et Balin arrivent rapidement.

Pour eux, c'est clair on retrouve à nouveau les copains Jojo le fiancé et Aubin sur le devant de la scène.

Avec précaution ils emportent sous scellés l'enveloppe et la lettre. Et avant de partir, Balin indique à la mairesse :

« *Le juge nous a demandé de reprendre le dossier des deux gars et surtout celui d'Aubin. Il faut revoir ce qui s'est passé dans la bagarre qu'il aurait eu avec le disparu de Jeansagnière...* ».

Effectivement, au même moment à la brigade, le lieutenant de Saint Georges en Couzan contacte son homologue auvergnat en charge de l'affaire de La Chambonnie. Il y a un échange sur les dossiers.

Le juge Auroux de Clermont Ferrand, est averti par Olliergues. Rien de bien intéressant dans tout cela.

Les gendarmes informent le cabinet du juge de la lettre anonyme.

Il demande à ce que l'on revérifie les emplois du temps des deux jeunes le jour de la mort du gars Pierrefeux aux Placiaux.

Il décide également d'une analyse poussée et la recherche d'ADN sur le courrier et l'enveloppe.

Pendant ce temps, notre Jean René, ci-devant procureur de la république, est vexé.

Comment peut-on mettre en doute la conscience qui est la sienne ?

Enfin quoi, qui ose dire que Jean René Michalon est un bon à rien ! Ils vont voir ce qu'ils vont voir !

Alors, le procureur décide de contrattaquer et répondre officiellement aux insinuations de maître Vachon dans la conférence des familles !

Le procureur de Saint Étienne veut faire retomber les réactions. Voilà pourquoi il a calé une conférence de presse et veut livrer à chacun ses certitudes.

Le jour venu, on retrouve dans la salle quasiment les mêmes que pour la conférence avec les familles.

Je me suis installé au premier rang.

J'ai le loisir d'observer la tribune, avant que le procureur n'entame son propos.

Au centre se trouve le procureur avec le juge Morel à sa gauche et le lieutenant Barnot à sa droite.

Si ces deux derniers sont souriants, saluent d'un geste de la tête telle ou telle connaissance qui s'installe, le proc est droit comme un « I », la figure rougeaude, les petites lunettes cerclées de fer glissant sur le nez où la graisse semble suinter des pores de la peau.

Il boit un verre d'eau.

On le sent agacé du brouhaha dans la pièce et de tous ces gens qui se saluent avant de s'asseoir…

Il remet en place sa cravate, tire sur son petit gilet un peu trop étroit pour y caler sans souci une bedaine de bonne table.

Il demande vertement le silence et sans attendre, il attaque.

Fier de sa supériorité intellectuelle, il commence son propos par des considérations générales, indiquant combien il était enchanté du travail des équipes de gendarmerie, tant de Chalmazel que de Noirétable.

Le ton est sec.

Il précise avoir pris langue avec son homologue de Clermont Ferrand pour faire plus encore la lumière sur l'affaire de la Chambonnie.

Eux ont en main tous les éléments pour être en mesure de se faire une véritable idée des faits qui se sont déroulés ici ou là…

Il y a un peu de murmures dans la salle.

Je le vois fixer plusieurs d'entre nous avec un regard froid et dur… Ah mais c'est qu'il a pas l'air content le bougre…

« *Il va nous faire un caca nerveux, je le sens* » dis-je tout doucement à mon voisin de l'Essor du Roannais.

Et il continue, martelant ses propos.

Plein de certitude, il n'a que faire du quand dira-t-on !

Mais plus il avance dans le dossier, plus le juge d'instruction qui a la chance d'avoir eu toutes les enquêtes sous sa responsabilité et lui-même arrivent à des conclusions intangibles.

« *Et je veux dire que je comprends le chagrin des familles, mais ce n'est pas pour cela que je suis en accord avec les propos à la limite de la diffamation proférés lors de la conférence de presse avec maitre Vachon* ».

Les réactions ne se font pas attendre. Du fond de la salle on entend venir jusqu'à nous :

« *Mais c'est scandaleux de tels propos* ».

On grogne, on discute, on renâcle, on est tous là à bien faire sentir au proc qu'il ne peut raisonnablement tenir de tels propos…

Il n'en a cure et n'attend pas que le silence revienne pour poursuivre

« *Non, il n'y a pas d'erreur dans les enquêtes ni de fausses pistes empruntées. Il s'agit d'accidents habituels, avec un suicide d'un homme en détresse de santé, libre de tout mouvement et toute décision, d'une disparition accidentelle d'un majeur très alcoolisé faisant une chute malencontreuse... Pour la scierie, un banal accident aux conséquences dramatiques d'un homme qui glisse sur la sciure non enlevée de son poste de travail...* ».

La salle explose.

J'ose apostropher l'homme de la justice, plus proche de l'injustice d'ailleurs !

« *Vous n'allez quand même pas dire que l'accident est de la faute de l'ouvrier alors que tout le monde sait qu'il avait une blessure à l'arrière du crâne qui n'avait pas pu être faite dans sa chute. Vos propos sont scandaleux !* ».

J'avais osé me lever emporté par mon élan et mon besoin de lui montrer toute notre aversion pour des propos inappropriés.

Et je suis surpris de sa ... surprise. Tellement imbu de sa supériorité, il n'avait pas imaginé que quelqu'un lui tiendrait tête comme cela. Glacial, il remet ses lorgnons en place et, dans un brouhaha qui ne retombe pas, le procureur veut terminer le propos préparé.

« *Il y a eu un meurtre dans les Placiaux, et l'enquête est en cours. Je ne peux donc pas en dire davantage. Je vous remercie !* ».

Et pour ne pas risquer un nouvel esclandre, à la grande surprise du juge et du gendarme, mais surtout des journalistes qui avaient tant de questions à poser, le procureur se lève et la séance est de cette manière terminée !

Imaginez le branle-bas de combat chez les familles à la lecture de la presse le lendemain. Il faut dire que dans la Montagne, il est question d'une justice immobile, et dans le Progrès d'un simulacre de conférence de presse où les journalistes ont été insultés par la morgue du procureur…

Personnellement je n'avais pas connu cela depuis le début de ma carrière.

Il n'était pas question que je contacte les familles. J'ai d'abord appelé l'avocat qui m'a fait part de son courroux et du rejet total des propos du procureur de la part tant de lui-même que des familles. Il les a eu déjà au téléphone ce matin et inutile de dire que tout le monde est remonté et que les oreilles du proc ont du lui siffler tant il y a eu de noms d'oiseaux énoncés à son propos.

Alors je me suis dit qu'il fallait que je fasse un tour dans les Monts pour rencontrer des gens et recueillir leur sentiment.

Je trouve le père Anselme, Le Trou et La Craie au Bistrot Sauvagnard. Et les commentaires vont bon train.

Je suis à peine entré que le prêtre m'interroge :

« *Dites mossieu le journaliste, vous en pensez quoi du procureur ? Vous croyez que la lumière sera faite sur toutes ces affaires ?* ».

« *Mon père, je n'en sais rien. Ce que je constate, c'est que sur le suicide de l'Ermitage, il n'y a rien à dire. Sur le dossier de la cuve à lisier, la version du juge est plausible. Ce qui est discutable c'est l'accident de la scierie. Et de toutes façons il y a le meurtre des Placiaux qu'il a d'ailleurs parfaitement mentionné* ».

« *Ouaie, mossieur l'écriveur, mais y a aussi l'accident de la gamine à Saint Georges. Vous allez pas me faire croire qu'une petite bagnole comme elle avait peut en pleine montée décoller de manière spectaculaire et plonger dans un ravin... Y a bien aut'chose tout de même !* ».

« *Je n'en sais rien. Mais dans les accidents automobiles, l'énergie cinétique développée quelques fois suite à une fausse manœuvre peut quand même être fort surprenante* ».

« *Mossieur l'écriveur, vous faites partie de la presse réactionnaire que j'ai combattu toute ma vie de syndicaliste et je dois dire que vous me décevez. À un de ces moments !* » jette La Craie.

Il se lève, salue le curé et le bistroquier et sans un regard pour moi, sort dignement !

Inutile de dire que le changement de sujet de conversation s'impose.

Je fais ma commande auprès de Micheline Lepont pour son bon sandwich format familial et une bière.

Au moment de sortir, sa simba avalée, le père Anselme se tourne vers moi :

« *Au Bouenza, on dit souvent en pensant aux affaires qui trainent qu'un quidam impatient d'avoir un enfant devrait épouser plus sûrement une femme enceinte. Et là, ça traine !* ».

La porte refermée derrière lui, Le Trou ne rate pas l'occasion de nous la faire à la méthode anticléricale de La Craie :

« *V'là t-y pas que le père Anselme nous annonce de manière fort cachée mais qui ne trompe personne qu'il cherche une mère porteuse ! Car chacun sait bien que le célibat des prêtres est une vaste fumisterie. Il a tout bonnement envie d'avoir un enfant et il cherche une mère pour ce gamin...* ».

Micheline arrivant avec mon sandwiche et ma bière faillit renverser le tout.

« *Mécréant de mécréant. C'est pas possible tout de même* ».

Jean et Le Trou, je crois bien qu'ils en rigolent encore de la mine dépitée de Micheline sur ce coup-là.

Je repars en début d'après-midi et je vais faire un tour au Bar de la Soif à Chalmazel.

Titide, Néness et Monmond m'accueillent.

Et de suite il est question des articles de journaux sur la conférence de presse du procureur.

« *C'est-y pas malheureux. Y a des familles qui souffrent et qu'ont besoin de savoère pour faire leur deuil ? Et la justice reste les bras croisés. Aux prochaines élections faut changer ça !* » assène d'entrée Néness.

Son frère enchaine :

« *Moi je pense qu'y faudrait changer de juge. Et pis recommencer toutes les enquêtes. Pas-ce qu'enfin, le gars de Jeansagnière vous allez pas me croire qu'il est tombé tout seul dans son purin !* ».

« *Je vous serre un café ? Bon messieurs attendez-donc. J'suis sûr que les choses vont avancer maintenant que tout a été étalé dans les journaux…* ».

« *Ouaie, mais y paraitrait que le gars de la scierie l'était cocu, et que sa copine avait b'soin d'argent. Alors ben elle et son amant y -z-ont dû le zigouiller* » dit Titide qui veut avoir le dernier mot sur un sujet où il n'a d'ailleurs aucune idée vraiment et pour lequel il invente un contexte !

Néness en tant que frère ainé, se montre beaucoup plus raisonnable.

« *Titide, tu dis n'importe quoi. T'en sais rien, tu connais pas la fille et tu sais pas si elle couche avec son voisin ou sa voisine. Vous êtes pas de mon avis Monmond ?* ».

« *J'aurais tendance à vous suivre. Et puis dans les histoires de cul, c'est tellement compliqué. Tenez, ça me fait penser aux deux gars qui étaient à vot'place l'aut'jour* ».

« *Il est plus d'une heure du matin. Ça va être ma fête, fait le premier. La lumière va réveiller ma femme, elle va hurler : c'est à cette heure-là que tu rentres, et je vais avoir droit à une scène* ».

« *L'autre lui dit : tu ne sais pas t'y prendre. Écoute, tu rentres sans faire aucun bruit, tu n'allumes pas, tu te déshabilles dans le noir, tu te glisses dans le lit, et tu fais un câlin à ta femme. Quand elle aura atteint l'extase, elle sera tellement heureuse que tu pourras te lever boire une bière sans problème. Génial ! fait son copain* ».

« *Arrivé chez lui, il met tout doucement la clé dans la serrure, entre ses chaussures à la main, puis il ôte tous ses vêtements dans le noir, se glisse dans le lit conjugal et fait l'amour. Quand la dame a enfin atteint le septième ciel, il se lève tout joyeux, va à la cuisine pour prendre une bière, et... voit sa femme !* ».

« *Elle lui dit : Chut ! Ne fais pas de bruit. Maman dort dans notre chambre...* ».

Rigolade assurée pour tous les présents comprenant qu'il s'agit d'une blague que Monmond voulait utiliser pour changer la conversation.

« *C'est pas de ton âge ces histoires de fesses mon bon Monmond !* » laisse tomber Néness.

Titide qui n'est pas en reste commande un pastis pour s'éclaircir la voix.

« *Oh, toi mon bon Néness, tu me fais toujours penser à l'histoire du nouvel employé dans l'usine* ».

« *Ouaie, dans une grande entreprise, un chef de service accueille un nouvel employé et commence par lui demander : comment vous appelez-vous ?* ».

« *Je m'appelle Néness, et vous ?* ».

« *Le chef de service est particulièrement agacé par le ton familier de l'employé et lui passe immédiatement un savon : écoutez, Monsieur, j'ignore dans quel type de société vous avez pu travailler auparavant et je m'en contrefous... Dans cette organisation, on appelle les gens par leur nom, jamais par leur prénom. Et tout spécialement vos supérieurs hiérarchiques. Vous allez donc m'appeler « Monsieur Blandin » à partir de cette seconde et cessez cette familiarité mal placée. Et d'abord, quel est votre nom de famille ?* ».

« *Je m'appelle Monchéri...* ».

« *Ok, Néness, vous pouvez disposer !* ».

Ah mais, cela vaut bien une nouvelle tournée et surtout les vieux oublient un instant les injustices du monde et les travers de certains de nos prochains….

Le temps d'une piste inespérée

Saint Georges en Couzan le 19 novembre 2018

Pour le meurtre du gars Pierrefeux, l'enquête piétine...

Le lieutenant, devant l'insistance du juge, lui-même serré de près par le procureur, a demandé à sa troupe de reprendre tous les dossiers.

Ils ont reçu les résultats des analyses concernant la lettre anonyme.

Il n'y a aucune trace ADN et le découpage des mots a été fait dans un magazine courant. La colle utilisée est banale, une simple colle d'écolier en bâton.

Le juteux a été chargé de chercher un antagonisme entre les deux jeunes signalés dans la lettre et un habitant de la région. Alors il va passer en revue depuis plusieurs jours, tous les dossiers déclarés, les mains courantes. Il questionne les brigades voisines comme à Boën ou à Noirétable.

Et revoilà les vieilles histoires de chasse avec le mort des Placiaux ce qui peut être une piste. La famille de Pierrefeux peut-elle être l'auteur de cette délation ? On a déjà creusé quant aux alibis et aux tueurs possibles. Peut-il y avoir une histoire de jalousie cachée ?

Est-ce possible que ce soit l'assassin de Pierrefeux qui veut les orienter sur une piste erronée ?

Le voilà pendant plusieurs jours triturant, malaxant, retournant et repassant les idées et les notes...

Quand ce matin-là il fait son rapport au lieutenant, il fait part de son intime conviction : il lui semble bien que c'est une fausse piste montée de toutes pièces par le tueur...

Le reste de la brigade est en pleine recherche.

La Mouche et Cizoux se concentrent sur la mort de Monteil dans son lisier.

Balin et Le Bleu se chargent de reprendre le dossier de l'accident de Mathieu Bonnin à la scierie.

Lolita fait un point global de son côté sur les diverses informations en sa possession.

Elle trouve quand même un semblant de lien.

Toutes ces morts ou disparitions ont lieu dans une période relativement courte, dans la même petite région, sans lien apparent, mais ...

Oui mais...

Elle s'interroge et pose sur ses notes un œil nouveau : et si les morts classées étaient des actes délictuels.

Et pendant ces quelques jours, les militaires triturent les informations, recherchent de nouveaux indices, quémandent une bribe par ci par là.

Voilà qu'apparait le début d'une once de soupçon de piste...

Ou en tous les cas d'information nouvelle.

En requestionnant les proches du mort, une petite remarque de la mère de Catherine, la copine, fait tilt dans l'oreille de Cizoux.

« *Mais quel malheur ! Que va-t-on devenir, surtout not'fille et son môme... Sniff... »*

« *Elle qui jusqu'à présent n'a eu que des déboires sentimentaux et qu'elle était enfin heureuse... »*.

« *Un premier petit copain qui se tue en voiture, un second qui est volage et toujours à courir la campagne avec*

174

son copain Joan, et enfin alors que tout semblait cette fois bien aller... Crac... Le meurtre... ».

Cizoux note tranquillement et comme si de rien n'était, et pour ne pas remuer plus encore la pauvre femme, il laisse glisser :

« *Le copain du fils Descombes, Jojo Descombes ? ».*

« *Sniff... Ouaie ».*

« *C'est votre fille qui l'a quittée ou c'est lui qui a rompu ? ».*

« *C'est tout bête, il n'était pas venu à un rendez-vous. Et elle l'attendait sur la place, devant l'église ».*

Cizoux ne bouscule pas. Il a tout son temps, car il tient peut-être la solution à l'énigme...

« *Oui, c'est tout bête... La vie, c'est elle qui décide... ».*

Elle s'essuie encore et encore les yeux, se mouche et reprend.

« *Oui comme j'vous ai dit... Sniff ».*

« *Elle attendait et Alain est passé. Il faut dire que Catherine est une jolie fille... Il s'est arrêté pour discuter... La discussion s'est éternisée. Ils ont été boire un pot ensemble... ».*

« *Et ? ».*

« *Et quand ils se sont quittés, ils se sont dit à une autre fois si Dieu le veut ».*

« *Et non seulement Dieu l'a voulu, mais Alain aussi car il est revenu le lendemain ».*

« *Quand le gars Aubin est revenu voir la belle en fin de semaine, elle lui a signifié que cela s'arrêtait là pour eux deux ».*

Quelques temps après Catherine annonçait à ses parents être amoureuse d'Alain.

Quelques mois et ce sera le mariage.

Quelques temps encore et voilà qu'elle mettra au monde son premier enfant, son petit Michel, son seul enfant.

« *Mais dites-moi, il n'a pas été jaloux le copain remercié ?* ».

« *Ben non* ».

« *C'est là qu'on s'est rendu compte qu'il courait aussi après Fanette, la sœur du copain… Et quand on dit courait, il y allait, fichtre. J'ne sais point s'il a eu du chagrin, mais ce qui est sûr c'est que cela n'a pas duré !* ».

Tiens tiens le copain de Jojo !!!

« *Et Fanette avait-elle répondu aux avances de notre gars ?* ».

« *J'en sais rien, mais si elle n'a pas succombé, elle n'a pas non plus rejeté violemment son courtisan… Il me semble que c'était une fille sérieuse qui savait se faire respecter et surtout faire attendre son soupirant !* ».

Pour Lolita, il y a des dates sensiblement regroupées dans une période…

Entre octobre et novembre sur plusieurs années…

Elle reprend tous les dossiers accidentels et d'enquête : de Fanette à Alain le chasseur, quels liens peut-on trouver ?

Le juge Morel convient de reprendre les enquêtes des autres meurtres en cherchant un lien avec le gars Desloges et son copain.

Lolita se construit un synopsis dans un grand tableau.

Elle a listé les dossiers. En colonne elle indique les « prétendants ».

Et au croisement, elle indique dans la case le point des enquêtes, les certitudes, les exclusions, les questions en attente.

Elle a en bas de page créé une ligne « accident de Fanette »

Dans le constat d'accident de 2012, il y a quatre témoins : Kévin, Alain, Jean-Pierre et Mathieu.

Ce sont les seuls témoins dans l'accident de Fanette.

Et là, c'est le tilt : il semble bien qu'il y ait un lien entre toutes les affaires !

Les 4 sont les 4 dossiers qui sont en examen par toute la brigade.

Et ils sont tous morts ou disparus !

Cela ne peut être le simple fait du hasard.

Elle reprend son tableau pour retrouver les déclarations puis alibis des 4 au fur et à mesure des disparitions.

Sur son document, un élément saute aux yeux. Jojo n'est pas présent ou a un alibi lors des 4 affaires et lors de l'accident de sa belle.

Seul Aubin n'a pas d'alibi pour le mort de la fosse à lisier.

Mais il pourrait être impliqué indirectement dans les autres faites divers.

Qui nous dit qu'il ne peut pas avoir été aidé par un tiers dans l'une ou l'autre des opérations ?

Et si ce n'est pas Aubin, quel autre acteur peut correspondre.

Elle cherche.

Elle indique dans son tableau tous les membres des familles de tous les dossiers et les voisins comme pour le Trêve.

Pour ces derniers, à l'évidence on peut les exclure.

Pour la famille de Fanette on peut enlever André et le grand père Maurice. Les autres comme les cousins et cousines n'ont pas été interrogés. Il faut les garder en attente.

Quant au père Coupeau ce brave homme est à exclure tant il participe aux travaux de recherches des autres familles.

Pour les Bataillon rien à dire. Pour les autres familles, il n'y a rien à signaler…

Elle retrouve les informations relatives à l'altercation de la Chambonnie.

Elle se dit qu'un coup de fil à la brigade d'Olliergues peut lui permettre de compléter son tableau. Qu'en est-il du gars qui s'est pris de bec avec Aubin.

Elle se dit qu'elle pourrait téléphoner à son copain de l'école de gendarmerie, Mathieu Hardouin.

« *Allo Le Cheveu, c'est Lolita. Oui comme tu dis, belle journée. Alors j'en profite pour nettoyer mes placards et sortir les dossiers pour faire la poussière* ».

« *Toi en femme de ménage ? Tu veux rire ma belle ?* ».

« *Ah t'es même pas capable de rêver ! Bon j'arrête de plaisanter. Je t'appelle au sujet d'une altercation entre un gars de chez nous, Sorlin Aubin, et un quidam de chez toi, querelle qui avait eu lieu à La Chambonnie, tu dois t'en souvenir* ».

« *Oui en effet mais le dossier avait rapidement été classé* ».

« *Je t'appelle pour savoir si l'identité du gars a été retrouvée et s'il a pu être impliqué dans certaines affaires ici, un peu pour se venger, vois-tu ?* ».

« *Non ma pauvre. On n'a jamais pu trouver son identité ni s'il avait été blessé dans la bagarre. La seule chose que l'on sait est qu'il est monté dans une auto pour s'enfuir à la fin de leur castagne* ».

« *Et vous avez plus de choses à dire sur la voiture ?* ».

« *Le témoin qui nous avait appelé nous a seulement signalé une voiture grise, de style petite berline, Clio ou équivalent* ».

« *Et vous avez pu aller plus loin ? * ».

« *Une Clio grise immatriculée dans le 63. Il y en a une pagaille. Alors cela n'a rien donné* ».

« *Et sinon, avez-vous eu un dossier quelconque au nom de Sorlin Aubin, le gars sur lequel j'enquête ? * ».

« *Ce nom ne me dit rien, et je sais qu'à l'époque j'avais fait des recherches chez nous. Il n'y avait aucun élément pour ce nom-là* ».

Elle se décide à poursuivre en appelant la brigade de Noirétable qui a La Chambonnie dans son secteur d'intervention. Elle appelle Josie Blanchard.

« *Allo Barbie ? Comment vas-tu bien ma belle ? * ».

« *Dis-moi, as-tu des nouvelles sur la bagarre de la Chambonnie où un gars de chez nous avait été impliqué, tu te souviens Aubin Sorlin ? * ».

« *Non rien de nouveau et tu penses bien que je t'aurai passé un coup de fil sinon. Et de votre côté les enquêtes avancent ? * ».

« *Je commence à y voir plus clair* ».

Les deux femmes papotent de choses et d'autres.

C'est à la fin de leur bavardage que la gendarme Blanchard interroge sa copine.

« *Dis-moi. Pour votre macchabée du bois de Jeansagnière, vous avez déterminé l'arme ? * ».

« *Ben non, toujours pas ! * ».

« *Tu vas me trouver bizarre. Mais j'ai pensé à cette affaire et à toi pas plus tard que la semaine passée* ».

« *Une prémonition maintenant ? De ta part ça m'étonne ! * ».

« *Non non ne rigole pas* ».

« *Figures toi que je regardais une émission à la télé sur le cirque de Monaco. Il y avait un tour d'adresse de la part d'un lanceur d'arme. Il envoyait des petites haches style tomawaks qui allaient se planter tout autour du corps de son assistante. C'était drôlement impressionnant* ».

« *Oui et alors ?* ».

« *Eh bien en regardant ses hachettes, une lame plus longue d'une hache normale, beaucoup plus fine, beaucoup moine large cela faisait comme la marque d'une flèche dans le bois derrière la fille...* ».

« *Et tu en as conclu quoi ?* ».

« *Et je me suis demandé si une telle arme avait été examinée dans l'histoire de ton mort des Placiaux ?* ».

Et les voilà toutes deux discutant le bout de gras pour savoir si l'hypothèse était plausible.

Le point majeur est qu'une telle arme est facilement réutilisable pour un multitude coups...

« *Ma chère Barbie, je ne dirais qu'une chose ! Je vais enquêter comme un indien sur le sentier de la guerre ! Hugh !* ».

Le temps du tueur en série

Cela fait plusieurs semaines que Lolita a entrepris son travail de décorticage des informations en possession des gendarmes.

La veille, elle a présenté son tableau et ses arguments lors du briefing hebdomadaire que tient le lieutenant Barnot.

Elle a des arguments la bougresse.

Oui enfin tous les dossiers ainsi mis en perspective, on comprend qu'il y a un lien avec l'accident de Fanette.

Les 4 seuls présents sur les lieux de l'accident sont tous morts et de morts violentes.

Les gendarmes reprennent tous les dossiers et tous les témoignages.

Mais oui, il y a peut-être une piste.

Aubin est chasseur tout comme Jojo.

Le premier chasse souvent dans les bois des Placiaux, au camp de chasse installé là depuis bien longtemps avec une cabane, des vieux sièges cassés, des bidons pour faire du feu, des toiles…

Les deux ont une seule fois participé à une battue aux sangliers dans les bois de Camelot…

Ils ont eu une altercation avec un chasseur lors d'une battue aux renards, qui est depuis décédé dans des circonstances dramatiques. Il a été renversé par un chauffard dans la rue du 11 novembre à Sainté et n'a pas survécu à ses très graves blessures.

Au moment de la mort de Fanette, Aubin n'a pas d'alibi, mais il a bénéficié d'un non-lieu car rien ne permet de le relier à la mort de la petite.

Pour le suicidé de Noirétable, on pourrait se dire que s'il est impliqué dans les meurtres des autres, cela ne colle pas. Il se serait donné la mort pour ne pas se rendre après avoir tué ses copains dans les années qui suivent son décès ! Donc impossible !

Jojo et Aubin ont des alibis pour ce jour-là selon les recherches entreprises par Lolita. Mais André, le frère Coupeau lui n'en a pas.

Il a dit à sa femme qu'il partait faire un tour. Il a pris sa voiture dans la matinée et est revenu en milieu d'après-midi. Par contre en aucun cas il ne peut être impliqué dans l'affaire de la scierie ni dans le meurtre des Placiaux.

La mort de Monteil dans sa ferme du Trêve est plus difficile à cerner. La date exacte de son décès n'est pas connue. Il y a un délai d'environ 24 heures durant lequel on a pu attenter à sa vie.

Les uns ou les autres ont un alibi d'après Lolita, mais seulement partiellement. Seul André est hors de cause, mais Jojo et Aubin sont à vérifier.

Quant à l'affaire de la scierie, les alibis sont invérifiables pour les uns et les autres.

Alors la machine d'enquête se relance.

Le juge Morel va maintenant s'interroger sur une hypothèse farfelue : et si les différents meurtres étaient du fait de plusieurs personnes mais toutes liées à Fanette ?

Serait-ce une vengeance familiale ?

Un plan de nouveaux interrogatoires est mis au point entre le juge et la brigade de gendarmerie de Saint Georges en Couzan.

Jean est le premier convoqué.

Lolita et Le Bleu sont aux manettes.

Le moins que l'on puisse dire est que Lolita est mal à l'aise d'avoir à interroger un homme épouvantablement poursuivi par la malchance et le deuil : sa fille qui meurt, puis sa femme morte de chagrin.

On sait dans le village qu'il vient sur leur tombe chaque semaine et quelques fois tous les jours pendant certaines périodes de déprime…

« *Que faisiez vous à la Toussaint 2015 monsieur Coupeau ?* ».

Et lui du tac au tac :

« *Madame, à la Toussaint on va se recueillir sur la tombe des êtres que l'on a le plus aimé au monde. Ensuite on rentre chez soi et on se souvient !* ».

« *Vous n'êtes pas sorti ?* ».

« *Non* ».

Le Bleu laisse passer un moment de silence.

« *Pour le 12 février 2016, pouvez-vous rechercher dans vos souvenirs ?* »

« *Je ne me rappelle plus. De toutes façons soit j'étais au cimetière, soit dans mon jardin pour les fleurs que je mets sur leur tombe, soit en train de vite fait faire mes courses. Vous, vous pouvez me dire ce que vous faisiez ce jour-là ?* ».

Les deux militaires l'observent. Il ne baisse pas le regard.

« *En mai 2017 vous êtes témoin de la chute de votre collègue à Notre Dame de l'Ermitage. Vous avez déclaré à nos collègues de Noirétable que vous n'aviez pas vu la chute. Avez-vous d'autres informations à nous donner, choses revenues dans votre esprit depuis lors* » interroge Lolita.

« *Ben j'ai déjà tout dit. Je ne vois pas ce que je peux ajouter* ».

« *Où étiez-vous le 2 octobre 2017 ?* ».

« *Je vois bien votre manège. Vous voulez me relier à tous ces morts. Vous ne trouvez pas que j'ai eu assez de malheurs dans ma vie comme cela ?* ».

Il éponge une larme.

Il baisse la tête.

Les gendarmes ont pitié de sa tristesse. Ils lui font signer sa déclaration et le laissent retourner dans la solitude de son habitation trop vide.

Son frère André est le suivant à venir à la brigade.

Cizoux et La Mouche officient.

On balaie avec lui les diverses dates. On le questionne lui aussi sur son emploi du temps. Mais très vite il ne peut s'agir du tueur car il a participé à chaque fois à des réunions, soit de famille, soit du syndicat agricole, soit à l'assemblée générale de sa mutuelle d'assurance.

Pour finir les questions, La Mouche demande :

« *Si je vous dis que c'est un membre de votre famille qui veut se venger de la mort de Fanette et qui a tué les 4 jeunes, meurtres sur lesquels nous enquêtons ? Que me répondez-vous ?* ».

« *Je dis, sauf vot'respect que c'est n'importe quoi ! Vous devriez regardez dans d'autres directions* ».

Devant le silence des enquêteurs, il poursuit :

« *Je vous conseille de trainer vos oreilles ailleurs* ».

« *Où d'après vous ?* ».

« *Pour le moins écoutez le copain de Jojo. Il a des choses à dire sur le gars à qui il a mis une rouste à La*

Chambonnie. Oui regardez vraiment de ce côté-là car c'est un sacré zigoto et un belle crapule ce gars-là ! ».

Il n'en dira pas plus. Malgré l'instance de nos deux gendarmes, il ne dira rien d'autre. À eux de chercher tout de même !

Les gendarmes continuent leurs interrogatoires, conformément aux demandes du juge Morel.

Le lieutenant trouve quand même difficile de convoquer le papy Maurice à la brigade. Alors on ira l'interroger chez lui. Lolita et le juteux feront la démarche.

Ils n'en tireront rien. Le papy se murant dans son désarroi.

« Vous pouvez pas nous laisser dans notre chagrin. Et pis tous ces morts, ça nous fera pas revenir Fanette alors pourquoi voulez-vous que ce soit un proche qui soit à l'origine des meurtres ».

Jojo est convoqué.

Quand il arrive dans le bureau de Balin, on voit qu'il traine sa misère et qu'il est fatigué de toujours avoir à répondre à des questions sur la mort de Fanette.

Kévin Pardon, gère les questions et Balin enregistre.

« Si l'on vous dit que le mort des Placiaux a été tué par un proche de votre famille, que répondez-vous ? ».

« Parce que ça aussi vous voulez nous le mettre sur le dos ? Mais quand donc vous nous laisserez tranquilles ».

« Je vais vous dire une bonne chose : j'en ai marre, marre de vos questions, marre des suspicions des uns et des autres, marre des sous-entendus, marre de ne pouvoir penser à ma chérie dans le calme et la paix ».

« Mais vous êtes chasseur ».

« Oui ».

« Et le mort a été retrouvé alors qu'il cueillait des champignons mais au milieu d'une scène macabre avec des douilles déposées autour du corps ».

« Oui et alors je suis pour quelque chose là-dessus ? ».

« Je n'ai pas dit cela mais sur cette piste de la chasse que pouvez-vous nous dire sur les relations entre chasseurs ? ».

« Comme partout des emmerdeurs et des j'm'en foutistes. Vous perdez votre temps à mon avis » et il poursuit.

« Rien que vous ne sachiez déjà. Quant à ce massacre, vous savez également très bien que j'ai un alibi, mon copain Aubin aussi ! ».

Il ne sortira rien d'autre de cette entrevue.

Le planning des autres convocations prévoit encore 4 personnes à rencontrer.

C'est Amélie la copine de Fanette qui est la suivante à passer le portail de la brigade.

On la voit tremblante de trac, se demandant ce qui va bien lui arriver.

Lolita la rassure en lui précisant tout de go que l'on a rien à lui reprocher mais que l'on voudra son avis sur diverses hypothèses sur les dossiers en cours. Cet interrogatoire mené par Lolita ne donnera rien lui non plus.

Elle défendra l'honnêteté de la famille Coupeau, la gentillesse d'Aubin, avouant par là même avoir un penchant pour le garçon.

Les deux suivants seront les enfants d'André.

Cela ne donnera rien non plus, d'autant qu'eux deux ne vivent pas dans le microcosme des Monts du Forez.

Reste le dernier Aubin.

La veille de son interrogatoire, la brigade est secouée en tous sens.

Un véritable coup de théâtre. La brigade de Riom dans la Puy de Dôme a été avertie par un détenu du centre pénitentiaire de la ville.

Il aurait des choses à dire au sujet de divers meurtres ayant été perpétrés dans le département voisin de la Loire.

Immédiatement entendu il fait part de confidences que lui aurait fait son collègue de cellule.

Oui un certain Amblin qui lui aurait dit qu'il avait tué un salopard dans les bois à grands coups de hache… Et il donne suffisamment d'informations détaillées pour bien orienter les gendarmes sur au moins le mort des Placiaux.

Les gendarmes de Riom appellent les collègues de Saint Georges en Couzan. Le lieutenant reporte l'interrogatoire d'Aubin, et alerte le juge Morel.

Le meurtrier n'est donc pas dans la famille de Fanette contrairement à ce que lui, le juge d'instruction, avait induit des divers interrogatoires et actes précédents.

Quand il demande une nouvelle orientation à l'enquête, les gendarmes sont assez décontenancés. Ils pensaient bien être si proche du but !

L'information fuite et la presse en parle.

« *Un fait nouveau dans le meurtre des Placiaux ! Une nouvelle piste sérieuse ?*».

Le juge demande à ce que l'on cueille le dénommé Amblin à son travail. Les gendarmes du lieutenant Barnot quant à eux découvre un sacré lascar.

Tient tient, lui aussi est chasseur. Mais surtout, quand on regarde son casier judiciaire, on y trouve un vrai roman. Il vient de faire plusieurs séjours de vacances tous frais payés dans les geôles de Riom. Nous avons affaire à un joli coco ! Jugez plutôt :

- Coups et blessures et dégradation de biens publics le jour où pris d'un coup de boisson il a cassé les bancs dans le gentil espace vert près de la poste de Vertolaye.
- Vols en réunion avec un copain du village ayant à leur actif une charcuterie à Vertolaye, un tabac presse à Olliergues et un commerce de bricolage à Ambert.
- Conduite sous usage de stupéfiants, sans permis et sous empire alcoolique

Le juge Morel demande à ce que l'on creuse cette piste.

René Amblin est cueilli à la sortie de son travail à la cartonnerie de la Dore à Olliergues. Il s'emporte, se débat, mord un gendarme, et casse les lunettes d'un autre.

C'est sous forte contention et sous bonne escorte qu'il rejoint la gendarmerie.

Très vite il est transféré pour audition et confrontation avec des témoins à la gendarmerie de Saint Georges en Couzan.

Il crie, insulte se démène si bien qu'il faut régulièrement le menotter durant les auditions. Il est si violent que Lolita s'est plusieurs fois demandé s'il n'allait pas arracher le radiateur où il est accroché. Il tempête, insulte sans cesse celui qui lui fait face, et crache même à la figure de La Mouche.

Il ne répond en rien aux questions. Il refuse le médecin, l'avocat, et la signature de ses dépositions, si tant est que ce soit des dépositions !

Le juge demande à ce qu'il lui soit présenté. En quelques minutes de vociférations, le juge Morel est exaspéré. Et en deux mots il lui signifie son mandat de dépôt !

Le temps de la contrition

Saint Georges en Couzan le 23 août 2019

Au lendemain de l'incarcération du gars Amblin, il y a de quoi lire dans les gazettes !

Et il y a de quoi alimenter les discussions autour du zinc.

Au Bistrot Sauvagnard, on note une satisfaction générale des habitués.

Pour Le Trou c'est enfin le soulagement.

Pour La Craie, c'est une bonne nouvelle qui mérite bien un autre gorgeon !

Pour le père Anselme venu siroter sa simba, c'est bien triste que de savoir un jeune derrière les barreaux avec de si graves accusations pesant sur ses épaules.

« Mais père Anselme, il a quand même été d'une méchanceté et d'une volonté farouche pour faire du mal et vous semblez le plaindre ? » lui dit Micheline.

« Oui ma chère, derrière le plus atroce personnage il y a un homme et une foi à raviver pour le ramener dans la communauté des enfants de Dieu ».

« Mon père, et devant un type qui voudrait vous trouer la peau avec une hache, vous seriez prêt à dire encore ? » interroge le patron, Jean.

« Oui m'sieur Lepont, tout humain mérite sa part de pardon. Et comme on dit chez moi au Bouenza, tout pardon ne change en rien le passé, mais il élargit bigrement les perspectives du futur ... »

Au Bar de la Soif, c'est Joannès Goutorbe qui lance la conversation avec le patron.

« *Ah dites-donc Monmond. C'est quand même pas croyable que cette histoire du mort des Placiaux. Dans l'journal y disent bien que l'auteur est ce gugusse de la Chapelle Agnon qu'a un pédigrée long comme le bras* ».

« *Oui j'ai lu comme vous. Mais dans quel monde on vit. On ne sait pas pourquoi, mais pour un rien ou pour un non, une gueule qui ne nous revient pas, un regard, un sourire qui ne convient pas et hop on tue, on zigouille, on estropie …* » .

« *Vous avez raison ! Tiens j'ose même plus y penser. Donnez-moi donc un petit coup pour me remonter le moral !* ».

Pendant ce temps, les familles sont en réunion. Elles avaient prévu cela depuis quelques temps déjà.

Il fallait marquer la reprise des enquêtes et encore un fois impacter le public. Avec l'arrestation de la veille, d'un seul coup la perspective de cette action change.

Quelle peut être la manifestation et sous quel thème ?

Une marche blanche comme cela se fait maintenant. Oui c'est bien et cela rappellera au bon souvenir de tout le monde les morts que l'on pleure depuis déjà trop longtemps.

Mais alors où et quel circuit ? De quel point à quel point compte tenu des diverses paroisses et communes concernées ?

Le père Lao qui ne recule devant rien propose une messe puis un départ à Jeansagnière en milieu de matinée.

A pied jusqu'à La Croix Ladret puis descente jusqu'à Chalmazel. Messe puis casse-croute tiré du sac au bas du village au croisement des routes de Saint Georges en Couzan et Croix Ladret. Puis descente à St Georges.

Ce à quoi le père Anselme répond que ce n'est pas sérieux.

« *On va perdre combien de nos vieux sur le parcours ? Combien de gens vont être rebutés par les distances. Et puis une fois à St Georges, hein comment on rentre à la maison ?* ».

Et il ajoute :

« *En plus Sauvain n'a pas été intégré dans le parcours. Non, non et non, cela ne convient pas !* ».

Et ça discutaille le bout de gras jusqu'à ce que le constat soit fait : ce n'est pas une bonne idée.

Marie Cécile propose une veillée de prières. Oui mais où et quand pour que tout le monde se sente concerné. Si les curés sont ravis de la proposition, du côté des familles ce n'est guère l'enthousiasme.

Bien vite sa proposition est rejetée.

Du côté de la famille Marotte on suggère un rendez-vous à Saint Étienne pas très loin du palais de justice... Avec banderoles, distribution de tracts...

Les prêtres font remarquer l'un après l'autre que dès lors qu'un suspect a été arrêté, aller vociférer sous les fenêtres du procureur ne présente guère d'intérêt et pour revendiquer quoi ? Que l'auteur a été arrêté un peu tard ? Cela ne vaut pas d'alerter la terre entière !

Sur la proposition de Jean Coupeau, on pourrait faire une messe, oui une messe spéciale pour tous les morts de mort violente de ces derniers temps.

C'est Jojo et son frère Aubin qui en ont eu l'idée et l'on suggérée au père de Fanette.

Les familles approuvent.

Les curés des paroisses sont interrogés.

L'église de Chalmazel est la plus grande.

Le père Lao, le curé de la paroisse propose de prendre contact avec le curé de Sauvain et celui de Saint Georges en Couzan.

Ils se réunissent et travaillent ensemble à un projet qu'ils soumettront aux familles.

Le chapelain de l'Ermitage est interrogé à son tour. Il se joint au trio de prêtres.

Lui connait bien la maîtrise diocésaine de Saint Étienne qui se produit régulièrement sur de grandes scènes et dans de grands lieux de prière avec l'orchestre symphonique de Loire, plus familièrement appelé la philar de Sainté…

De fil en aiguille le projet prend corps.

Les familles donnent leur accord pour prendre contact avec ces deux groupes.

Chorale et orchestre ?

Cela va demander de l'espace.

Il faut trouver une autre terre d'accueil. L'église de Chalmazel ne se prête pas à une telle organisation.

Les curés des paroisses prennent langue de leur côté avec le chanoine de la collégiale Notre Dame de Montbrison. Un accord entre toutes les parties est trouvé, une date arrêtée, un horaire est proposé vers 15 heures trente un jeudi et pour finir un plan de communication est construit…

Jean le lendemain va voir ses femmes au cimetière et leur conte en détail le projet.

« *Mes chéries, vous allez être contentes. Nous allons faire une belle cérémonie en votre honneur, pour à jamais garder de vous ce que nous aimions en vous* ».

« *Nous sommes d'accord pour célébrer une grande messe de requiem en votre mémoire* ».

« *Cela se déroulera à Montbrison avec la chorale et la philar de Sainté* »

« *Et les familles des morts seront là aussi. Maintenant que la vengeance est passée et qu'ils sont morts, j'ai pensé qu'il était temps pour les familles de se retrouver pour un instant de ferveur avant que tout soit pollué par les aveux du tueur* ».

« *Mes chéries, vous méritez bien que l'on se souvienne qu'à l'origine de tous ces drames, vous êtes toutes deux victimes. Toi ma tendre Fanette et toi ma belle Aglaé qui n'a pu surmonter ta douleur* ».

« *Je vais aller faire fabriquer chez le photographe de Boën un grand portrait de toi Fanette. Je le mettrais dans un cadre et il sera avec nous durant la messe* ».

Et comme si les mortes pouvaient dialoguer avec lui, il les interroge :

« *Quelle photo vous voudriez que je choisisse ?* » Hein ? ».

Le silence s'installe évidemment.

Il le rompt en continuant son monologue.

« *J'avais pensé à celle qu'André à prise de toi le jour de tes fiançailles. Qu'en dis-tu ?* ».

Un observateur noterait que notre Jean a déraillé. Il n'est plus vraiment sur terre.

Non, il est avec ses femmes sous terre !

Son esprit s'égare et s'il déraisonne on peut toutefois noter que c'est ponctuellement qu'il se met à divaguer…

« *J'en ai parlé à Jojo, qui est d'accord avec moi. Alors si tu n'y vois pas d'inconvénient je vais prendre celle-ci* ».

« *Allez, je vous embrasse mes chéries. À demain* ».

Il pose alors les doigts de sa main droite sur ses lèvres, y dépose un long baiser et le pose ensuite sur la dalle froide de la pierre tombale.

Il se relève, il a du mal à quitter du regard les deux noms gravés, puis voûté, lentement, il se retourne et s'en va pour remonter chez lui et reprendre ses discussions infinies avec dame solitude…

Dans toutes les familles on prépare l'évènement.

Au Bar de la Soif, on organisera un petit bus pour la commune de Chalmazel.

Le père Anselme et Michel Tripon le maire ont choisi un terrain neutre pour élaborer le plan du déplacement. Et quoi de plus neutre entre la mairie républicaine et l'église catholique que de se réunir au Bar Sauvagnard !

Ils mettent sur pied un car pour leur commune de Sauvain.

La Craie a remballé son avis anticlérical sur tout et collabore.

Le Trou aide aussi, mais en vérifiant qu'il n'y a aucun verre vide, passant alors les commandes au patron.

Micheline apporte l'avis féminin sur notre affaire.

Bon un tel déplacement, il faudra démarrer au plus tard 2 heures avant la messe. Ce sera un jeudi, donc on sera tranquille pour rouler car il n'y aura pas de marché.

Mais en comptant les trajets, la cérémonie, les embouteillages du vendredi soir, il ne faudra pas compter être rentrés à Sauvain avant 19 heures passées.

Bon en accord avec le maire et le curé, il est décidé de prévoir dans le bus boisson gratuite pour tous.

La facture sera prise en charge par la mairie. Le bus sera partagé et on demandera la somme de 1 euro pour le principe à chaque participant.

La question qui se pose alors est de savoir combien il y aura de candidats au voyage.

Est-ce qu'un car va suffire ?

Le meilleur moyen c'est de demander à la population. Avant cela on va demander aux commerçants s'ils souhaitent garder leur magasin ouvert ou non.

On se partage les rôles entre les présents, chacun prenant un quartier du village. Objectif connaître sous deux jours le nombre de personnes souhaitant être véhiculés. Jean a déjà dit qu'il fermait pour aller avec Micheline jusqu'à Montbrison.

Le curé Eymard de Saint Georges en Couzan s'est tourné également vers la mairesse du village Marianne Garnier. Ils associent dès le premier instant Jean Coupeau à l'organisation. Ils demandent également à la copine de Fanette, Amélie de participer aux travaux.

Jean indique qu'il ira seul avant la cérémonie pour se recueillir. Alors on compte et on décompte les candidats potentiels. Il y aura la famille de Jean, celle d'Amélie, quelques voisins, la mairesse qui veut s'associer à la démarche faisant fi de l'aspect non laïc de sa position et enfin le prêtre. Une petite vingtaine de personnes.

Donc on louera un mini bus de 25 places et cela devrait suffire. Jean se charge de prévenir les siens et la mairesse fera afficher sur les panneaux d'information.

Le père Muzillon à Jeansagnière suggère de faire voiture commune avec la paroisse de Chalmazel.

Le père Lao accepte volontiers et les deux prêtres tentent d'organiser la chose ensemble. Les deux maires Charles Bonneton pour Jeansagnière et Antoine Merlot pour Chalmazel sont de la partie. Bien vite il apparait que le nombre de passagers dépassera largement la capacité du bus.

Alors il faudra deux véhicules.

On demandera au Bar de la Soif et à Rose de préparer des boissons pour l'aller et retour.

Une réunion exceptionnelle est mise sur pied par le père Anselme.

Il demande à ce que on puisse réunir un représentant de chaque famille, un représentant de chaque mairie, le maire de préférence, la présence des prêtres, et un représentant des commerçants.

S'il est nécessaire qu'ils soient plusieurs pas de souci dit de suite le père Anselme.

La salle commune de Saint Georges en Couzan est prêtée gracieusement par la mairesse.

La discussion porte sur le déroulement de la cérémonie.

Il faut prendre en compte les besoins de la philar et de la chorale, tout autant que les souhaits des familles eux-mêmes à agencer avec les désirs des prêtres.

Dans les familles il y a de nombreuses idées qui germent.

D'abord on fait fabriquer et encadrer une photo grand format de chacun des décédés. Pour ce faire on a décidé d'un seul photographe qui tirera et encadrera. Ce sera fait par celui de Boën.

On a bien entendu validé une dimension du cadre et le budget maximum que chacun voulait y mettre.

Ensuite il ne devra n'y avoir que des fleurs blanches à la demande de la famille Coupeau, ce que les autres familles acceptent volontiers.

Il est donc convenu qu'une rose blanche sera posée devant chaque cadre que l'on disposera devant l'autel face aux familles.

Elles seront achetées par Jojo pour compte commun et les familles le rembourseront.

Aucun membre des familles ne prendra la parole. Tout le monde est d'accord sur le fait que les prêtres de chaque paroisse seront leur porteur de message.

Le chanoine de la collégiale interviendra en fin de cérémonie après les curés des villages.

Les prêtres donnent chacun le maître mot de son intervention afin qu'il n'y ait pas de redite. L'ordre est calé entre eux. Alors il n'y a plus qu'à tout rendre opérationnel

Les préparatifs avancent.

Les photos sont reçues.

Les listes de passagers des autocars sont validées.

Dans chaque commune le point de rendez-vous est fixé devant l'église. Un heure est déterminée dans chaque village pour le départ du convoi. Elle est annoncée à chacun.

Les casse-croutes et en-cas sont arrêtés. Les boissons sont choisies.

On peut être déjà certain. Le moment sera un grand moment, une belle réussite !

Du côté du juge Morel, le dossier Amblin se poursuit.

Il a fait venir l'embastillé dans son bureau après 8 jours au frais.

Il est nettement moins virulent.

La greffière du juge se dit en son for intérieur :

« On a eu un tigre féroce, maintenant on a un agneau tout tremblant...Ah ça a du bon le séjour en taule ! ».

Il faut reprendre toutes les questions, car il semble bien que les gendarmes du lieutenant Barnot ont soulevé un lièvre de taille.

Il semble que le jour du meurtre des Placiaux, Amblin a un alibi.

Il faut le cuisiner en ce sens et tirer la chose au clair, quitte à revenir à la case départ quant à la recherche des assassins.

Et en cette veille de requiem, dans les familles tout le monde se retire sous sa bulle, alors que personne ne sait encore que le juge vient de parvenir à une conclusion qui va faire du bruit.

Non Amblin n'est pas responsable du meurtre de Pierrefeux, car ce matin là sa carte bleue a été utilisée à Arlanc vers 9 heures 30, à une heure incompatible avec un aller-retour au-delà du col de la Loge. La distance et le temps nécessaire lui interdisaient d'être sur les lieux du meurtre dans le créneau horaire défini par le légiste.

De plus, il ne peut être concerné par les autres affaires, car tout simplement elles ont toutes eu lieu un jour où il faisait pénitence en prison.

L'émotion étreint les uns et les autres en cette fin de journée alors qu'Amblin sort discrètement de sa prison où l'on vient de lui signifier sa levée d'écrou.

Et quand il arrive chez lui, de l'autre côté de Pierre sur Haute, dans les villages marqués par ces drames à répétition et la mort de cette jeunesse on est en train de se concentrer !

Parents, femmes ou copines ou ex, enfants, oncles, tantes, cousins cousines tout le monde se prépare intensément, intérieurement.

Les voisins sont bien entendu moins stressés.

Il y a ceux que tout ce raffut commence à exaspérer.

Il y a ceux se considèrent trop vieux pour tenter cette descente vers la ville.

Non trop de fatigue pour les uns.

Trop long pour les autres.

La prostate est un handicap pour certains.

Et même un euro c'est exagéré pour des gamins qui ont semble-t-il fait une grosse bêtise…

Le père Joannès est devant un dilemme : mettra-t-il son chapeau feutre noir à large bord ou sa casquette anglaise.

Bon il a encore la soirée pour décider et le bon Joannès passera sa fin de journée à travailler dans son jardin.

Un façon toute simple de s'occuper l'esprit !

Micheline pour sa part a peur d'avoir froid dans les vieilles pierres de la collégiale.

En fin d'après-midi elle appelle Sonia la restauratrice pour lui demander un avis vestimentaire.

Toujours de bon conseil, elle ne peut que lui dire une réponse de bon sens : s'habiller de plusieurs pelures pour pouvoir diminuer les épaisseurs en cas de chaleur.

La Craie a décidé de ne pas mettre de cravate, car même s'il ira à la messe, il n'en demeure pas moins que ce n'est pas demain la veille qu'on lui fera gober les sornettes du prêche…

Néness et Titide sont dans leur maison secondaire, car tel est bien le bar où ils vont prendre avec eux deux petites chopines de vin du Forez, car l'après-midi du lendemain sera longue.

Ils en profitent pour se rincer le gosier.

« *C'est quand même pas vous qui allez chanter à la messe demain ? »*.

« *Non mon cher Monmond, mais c'est l'émotion qui m'assèche* » lui répond Titide.

Et le frérot de compléter :

« *Et pis te sais ben que le changement d'altitude ça donne soif. Alors y faut prendre nos précautions* ».

Gertrude va se coucher de bonne heure, car la boulangerie va fabriquer des petits pains au chocolat miniatures pour les en-cas dans le car, surtout au moment de repartir de Montbrison.

Le père Eymard écrit son propos qu'il délivrera le lendemain dans la collégiale.

Le père Anselme est aller prendre exceptionnellement une autre simba au bar de Sauvain.

Le père Lao a proposé une veillée de prières.

Madame le maire de Saint Georges en Couzan, Marianne Garnier, s'interroge pour savoir s'il sera de bon ton de se munir de son écharpe tricolore.

Elle appelle Charles Bonneton à Jeansagnière pour demander un avis.

Il semble étonné par la question.

Après une petite réflexion, sa réponse est nette !

« *Ben ma belle, tu crois qu'on va à une réunion syndicale ? »*.

« *Ben non »*.

« *Il faut être discret tout en se faisant voir, il faut marquer le soutien que l'on apporte aux familles mais tout en retrait, il faut être là mais fondu dans la masse, il faut être dans l'émotion mais surtout ne pas rater l'occasion d'être sur les photos des journalistes... »*.

« *En tous les cas, voilà ce que j'en pense ! »*.

« *Donc Charlot, il faut y être sans y être, discret mais voyant... C'est quand même curieux ton histoire »*.

« *Ben oui, c'est tout à fait ça ! »*.

« *Merci quand même et à demain ! »*.

Ainsi, chacun vit ces derniers moments de calme selon sa personnalité et son implication.

Au bout de cette veillée empreinte d'émotion et de mystère chez tous ces gens, il sera difficile pour certains de trouver rapidement le sommeil.

On le verra le lendemain car bon nombre de visages seront chiffonnés et certains yeux auront des cernes noirs imposants.

Mais une personne veillera bien plus longtemps que toutes les autres.

Une lumière restera allumée pratiquement jusqu'au petit matin.

Oui une fenêtre marquera la nuit tombée, et sera bien tardivement éclairée.

Sous la lampe, il est un homme installé à sa table de cuisine devant des pages blanches.

Il prend une grande inspiration.

Il saisit son crayon feutre.

Puis il se lance.

Il écrit à destination de la brigade de gendarmerie de Saint Georges en Couzan.

Il est celui qui a tué.

Toutefois pour ménager le suspense et pour réussir son projet, il a besoin de garder pour lui quelques détails.

Il ne fait état que des meurtres établis et pour chacun d'eux il laisse planer un doute sur le mobile.

Il ne se nomme pas mais termine sa longue confession par :

« Je ne signe pas, mais je vous donne rendez-vous à la collégiale Notre Dame de Montbrison demain le dimanche 24 août, à la messe de requiem cocélébrée par les prêtres de nos paroisses et le chanoine de Notre Dame, à partir de 15 heures ».

« Vous me reconnaitrez, car je serai le seul à porter une cape noire avec une rose blanche épinglée sur la poitrine du côté du cœur... ».

« Blanche comme la pureté d'un être trop tôt enlevé à l'amour des siens ...».

Volontairement il termine son propos avec un indice qui, il en est certain, va mettre les gendarmes sur une piste, une seule, la sienne !

Car enfin, qui d'autre qu'un proche de Fanette peut dire des choses pareilles et être responsable de toutes ces drames ?

Le temps du requiem

Saint Georges en Couzan 23 août 2019

En début de journée, une voiture s'arrête devant les boites aux lettres de la gendarmerie de Saint Georges en Couzan.

Le conducteur descend et en prenant soin de ne pas se faire remarquer, glisse une enveloppe dans la boite aux lettres.

Il a pris soin de ne jamais montrer son visage à la caméra de surveillance installée près du portail.

Puis il remonte dans son véhicule.

Le véhicule redémarre et fonce vers la vallée.

Les gendarmes trouvent le courrier plus tard dans la matinée.

Quelle surprise !

Un manuscrit avec moult détails.

Tout y est indiqué, sans pour cela que toutes les raisons soient nettes et claires.

C'est l'aveu écrit du meurtrier. Il est fait référence à 4 morts.

C'est un sensationnel coup de théâtre pour toute la brigade qui œuvre sur certains dossiers depuis plusieurs années.

Le lieutenant rameute ses troupes.

Sur chaque phrase écrite, le dossier correspondant est ressorti et les indices accumulés sont confrontés avec les indications de la lettre.

Il y a même des informations concernant une affaire en attente...

Oui c'est bien l'auteur des assassinats.

Mais qui est-il ?

On reprend tout à toute vitesse et avec les détails de la lettre il est clair que l'auteur est quelqu'un de la famille de Fanette, ou un proche.

Et bien entendu la piste d'Aubin refait surface, d'autant que sur la lettre on note un langage cultivé, et Aubin est le seul universitaire dans tous les protagonistes...

Le juteux relève et visionne l'enregistrement de la vidéo surveillance... On n'y voit pas le véhicule. C'est donc quelqu'un qui connait les lieux et qui a caché sa plaque d'immatriculation.

On y voit un homme en costume sombre, mais à aucun moment son visage n'est visible.

On ne distingue pas non plus sa chevelure, car il a un grand chapeau à large bords et sa nuque est cachée par un large foulard...

Cette bande enregistrée ne donne aucune information, si ce n'est qu'il s'agit d'un homme...

Il peut s'agir d'Aubin, mais on peut aussi imaginer quelqu'un d'autre.

La certitude des enquêteurs est telle à ce moment-là, qu'une seule hypothèse n'est retenue.

Il n'y a pas un instant à perdre.

La cérémonie à Montbrison a lieu dans quelques petites heures.

Alors en accord avec le juge Morel, il est décidé d'aller interpeller le jeune homme à la sortie de la collégiale Notre Dame.

Toutefois, un doute s'insinue dans l'esprit des enquêteurs.

Car, enfin, Aubin ne peut pas parler d'un des siens enlevé à son amour…

Alors l'auteur c'est qui ?

Oui qui entre Aubin ou plus étonnamment Jean Coupeau ?

Ou bien est-ce encore une entourloupe proposée aux militaires ?

Et au départ de Saint Georges en Couzan, la brigade s'organise pour interpeller à priori Aubin, ou sinon attraper le père de Fanette…

Lolita pour sa part est de ceux qui penchent vers le père Coupeau, car enfin, la rose blanche semble une idée tellement pleine d'amour qu'il ne peut y avoir discussion.

Pour elle ce n'est pas Aubin, ni Jojo…

Quand les deux voitures bleues arrivent sur place, la musique et les chœurs se font entendre.

Quelle beauté…

Et pour quelle atrocité !

Autour de l'autel, sont disposées les 5 photos grand format, encadrées, et devant chacune une belle gerbe blanche ajoutant encore de l'émotion par la simplicité de ces fleurs.

Le dies irae grandit dans la nef.

Le chant du jour tout à la fois de la colère et des morts….

La musique de Von Suppé sublime l'instant.

Après l'Agnus Dei, on entame le Communio…

Et quand les chants s'arrêtent, la foule est figée…

La porte à battants laisse entrer plusieurs personnes en uniforme.

Un instant de silence pesant s'abat sur la foule, puis deux mains applaudissent timidement… C'est alors un mouvement dans toute l'église, comme une vague qui descend depuis l'autel jusqu'au fond de l'édifice. Des applaudissements à n'en plus finir.

Les artistes saluent sous ce tonnerre qui ne s'arrête même pas…

Des applaudissements destinés à saluer la mémoire des morts avant tout…

Quand l'hommage prend fin, les prêtres disent un mot à leur tour. Un propos court, un propos de chagrin et d'espoir, d'amour et de prière.

Pour le père Lao :

« Ce requiem est une communion autour d'un homme assassiné et un cri au plus noir de la douleur ».

« Mes biens chers frères, c'est aussi un chant d'amour, un hymne, un cantique pour raviver la mémoire et célébrer notre disparu et tout autant le pays et les habitants d'une terre aujourd'hui meurtrie ».

« Comment rester sourd à ces mots jaillis du fond de l'âme comme de purs sanglots ? ».

« Nous prions ».

Puis le père Eymard se dirige ensuite lentement, solennellement vers le micro après une courte prière.

« Seigneur, nous avons du mal à comprendre que l'on puisse mourir si jeune, qu'une vie soit brisée alors qu'elle commençait à s'éveiller ».

« Tu nous vois déchirés et abattus. La mort semble ici comme une incompréhensible injustice ».

« Alors, nous nous tournons vers toi pour te dire notre peine ».

« Ne nous laisse pas seuls au fond de notre tristesse, aide-nous à supporter le vide qui s'est creusé parmi nous, fortifie notre espérance au-delà de notre souffrance ».

« Accueille nos prières ».

Le père Anselme, un instant resté les yeux fermés, tout en vie intérieure, passe au micro.

« En votre nom mes biens chers frères, et pour paraphraser Gainsbourg : écoute les orgues, elles jouent pour toi, il est terrible cet air-là, j'espère que tu aimes, c'est assez beau non, c'est le requiem en ton nom... ».

« Que ces notes restent au fond de nos cœurs avec le souvenir de nos défunts ».

« Prions pour eux ».

Le père Muzillon attend la fin du recueillement et s'avance :

« Mes bien chers frères, je suis debout au bord de la plage. Un voilier passe dans la brise du matin et part vers l'océan. Il est la beauté et la vie. Il a l'avenir et la richesse des découvertes pour lui ».

« Je le regarde jusqu'à ce qu'il disparaisse à l'horizon ».

« Quelqu'un à mon côté dit : il est parti. Parti vers où ? ».

« Parti de mon regard, c'est tout ! Parti vivre sa vie après la vie ».

« Que Dieu protège tous nos enfants partis bien trop tôt et dans de si terribles conditions ».

« Prions pour eux ».

Le chanoine de la collégiale reprend à son tour après un instant de silence :

« Ce qui se passera de l'autre côté, quand comme pour nos chers enfants tout pour moi aura basculé dans

207

l'éternité, je ne le sais pas. Je crois, je crois seulement qu'un amour m'attend ».

« Je sais pourtant qu'alors il me faudra faire pauvre et sans poids, le bilan de moi ».

« Mais ne pensez pas que je désespère. Je crois, je crois tellement qu'un amour m'attend. Quand je meurs, ne pleurez pas, c'est un amour qui me prend ».

« Ai-je peur ? ».

« Pourquoi pas ? ».

« Rappelez-moi simplement qu'un amour m'attend. Il va m'ouvrir tout entier à sa joie, à sa lumière ».

« Oui, Père, je viens à toi. Dans le vent, dont on ne sait ni d'où il vient, ni où il va, vers ton amour, ton amour qui m'attend ».

Le Chanoine dans une dernière prière libère les présents.

« Au nom du père et du fils et du Saint Esprit. Allez dans la paix ».

La foule ne bouge pas. Le silence ne se fait pas, car on entend dans toute la nef l'émotion et la douleur mêlées transformées en sanglots. De nombreuses femmes pleurent. Les hommes cachent leur chagrin en se mouchant ou se raclant la gorge, tous secoués par les propos des prêtres et par la peine ressentie.

Mais tous plus forts ensemble pour affronter la suite des évènements dans cette communion qui les soude à jamais. Inconsciemment, tous ces gens vont se sentir encore plus solides, ayant puisé dans cette cérémonie un complément de forces, même si les jours passant celles-ci les avaient jusqu'alors un peu abandonnés.

Les militaires constatent la présence de Jojo et Aubin au premier rang avec la famille Coupeau et celle de Kévin, toutes à gauche sur deux rangs. Celles de Mathieu et Alain sont à droite et celle de Jean Pierre, plus réduite est au troisième rang.

L'émotion est très forte. Les cœurs sont serrés. Puis doucement la foule commence à sortir.

Chaque famille porte la photo de son enfant, celle qui les aura observés pendant toute la messe.

Tout le monde est bien étonné de cette présence des forces de l'ordre. Mais pourquoi pas… N'est-on pas dans une histoire de meurtres inexpliqués ? Les militaires examinent attentivement toutes les personnes sortant de la cérémonie.

Les personnes habillées de noir ne manquent pas. Mais aucun ne porte de cape. Non rien de tout cela.

À l'examen des gendarmes, il faut ajouter la recherche de quelqu'un ayant une fleur à la boutonnière, même si leur idée est faite : on ne trouvera pas l'assassin dans les familles autres que celle de la petite Fanette.

Chaque famille sort enfin à l'air libre, sous un ciel gris d'angoisse et de chagrin. Les uns et les autres n'ont plus rien à se dire.

Les unes et les autres ont besoin de rester seules, de faire bloc, et de poursuivre l'hommage à leur enfant.

La famille Coupeau et leurs amis font corps avec Jean. Ils restent unis dans l'église et continuent leur prière. Jean au bout d'un moment se relève de sa position agenouillée et donne le signal de la sortie.

En silence, très lentement, têtes baissées, tous et toutes en communion avec la petite Fanette, ils approchent de la grande porte et la place baignée de froid et de gris.

Les voilà enfin s'approchant des enquêteurs.

Cette famille est la dernière à sortir alors qu'une longue file de voitures s'éloigne déjà. Les autres partent poursuivre leurs prières et vont chacune rendre visite à leur enfant, dans le cimetière de leur commune.

Ils pourront se remémorer la cérémonie, mais en attendant leurs idées sont tournées vers la réponse à la lancinante question.

Pour les uns, pourquoi l'a-t-on tué, pour d'autres comment a-t-il vécu ses derniers instants et pour tous quel est l'auteur de ces meurtres ?

Ils sont loin de se douter que la réponse à ces questions va très vite émerger.

C'est le moment où les Coupeau font face aux gendarmes.

Jean porte devant lui le cadre et la photo de sa fille bien aimée.

La jeune Amélie s'est jointe à eux, sur la demande de Jean. Elle et André entourent le père de la défunte.

La scène est dramatique pour qui connait l'épisode des aveux du meurtrier.

Moi-même, j'ai voulu assister à cette messe. Je suis totalement bouleversé par l'instant. Je me demande ce qui va se passer, car tout est anormal dans cette situation.

Je m'interroge comme tout un chacun sur le bien fondé de la présence des forces de l'ordre à la sortie de la messe.

Y a-t-il un évènement majeur dans l'enquête ?

Je sens comme un arc électrique quand les parents de Fanette et leur famille arrivent devant les gendarmes.

Je ne sais pas pourquoi mais une tension extrême s'est installée sous le porche de Notre Dame.

Pourquoi ?

Que se passe-t-il ?

Le temps d'une infinie tristesse

Montbrison 24 août 2019

Les gendarmes s'approchent d'Aubin.

Le jeune homme me semble totalement effrayé. Est-ce la venue des bleus ou est-ce la suite de l'émotion de la messe ?

Les gendarmes le laissent passer.

Oui car ils ont constaté qu'il n'a pas de cape…

Il n'est pas vêtu de noir.

Et qu'il n'a pas de rose à la boutonnière.

Papy Maurice passe soutenu par un neveu, appuyé sur sa canne, les larmes inondant son visage ridé.

Il n'est pas ciblé par les yeux inquisiteurs des enquêteurs.

Ils se tournent vers le petit ami de Fanette.

Jojo.

Lui non plus n'a ni cape ni rose.

Restent en dernier, Jean soutenu par Amélie et André.

Jean approche maintenant de la sortie. Au vu des gendarmes, il abandonne les bras qui le soutiennent.

Jean fait alors un signe. Il demande à Jojo de s'approcher.

Il le prend dans ses bras et lui murmure quelque chose à l'oreille, puis il l'embrasse et se libère.

Amélie et André passent.

Jean apparait à la lumière.

Il porte une cape noire.

Il avance puis baisse alors la photographie qu'il tient contre lui…

Apparait sur sa cape noire une rose …

Une rose blanche…

La rose de l'assassin ?

Il tend les bras…

Le lieutenant Barnot lui demande s'il a l'intention de résister.

Devant la réponse négative, il propose à Jean de sortir avec eux, mais de ne pas lui passer les menottes…

Les passants ou les attardés comme moi que la curiosité poussait à rester pour savoir ce qui faisait que les militaires étaient là, vont alors être témoins d'une scène insolite.

Le père de Fanette, encadré par deux gendarmes, les suit tranquillement jusqu'à leur véhicule. Il s'installe. Un gendarme s'assoit à côté de lui. Un autre devant s'installe à côté du conducteur.

Et pourquoi donc le bon Monsieur Coupeau qui a tant œuvré pour la mise sur pied de cette manifestation, repart avec les gendarmes ?

La voiture démarre.

Une seconde la suit.

Et les véhicules entrent dans la circulation en actionnant leur deux-tons…

Interrogatifs, décontenancés, nous les badauds ne comprenons rien…

Dans la voiture les gendarmes respectent le silence de Jean qui se laisse conduire, les yeux fermés, le visage montrant quelques petits tremblements, signes d'un bouillonnement intérieur.

Plus tard à la brigade, les gendarmes n'auront même pas à le questionner.

Dès le début de l'audition il indique désirer ne pas être interrompu, et qu'il allait tout dire. Il demande juste un verre d'eau avant de commencer et refuse médecin et avocat.

Il explique plus en détail ce qu'il avait découvert et comment.

Le surlendemain de la mort de Fanette, la voiture de Mathieu avait fait l'objet d'un changement d'aile, une pièce détachée trouvée le matin même dans un casse à Feurs...

Il avait emprunté des outils au garagiste de Chalmazel. C'est cet homme qui innocemment en parla à Jean.

Les traces d'éraflures et de peinture de la voiture qui avait touché l'aile droite de celle de Fanette disparaissaient ainsi, d'autant que les gendarmes n'avaient pas pris le soin de regarder ce véhicule pendant que les jeunes disaient être témoins...

En fait leur grande vitesse dans la descente et l'arrivée tout à gauche face à la voiture de Fanette avaient provoqué un réflexe de terreur chez la jeune femme.

Embardée à gauche, pied bloqué sur l'accélérateur, léger contact entre les deux voitures, accélération du phénomène et saut dans le vide, le petit rebord de terre à cet endroit n'étant pas suffisant tant la pression sur l'accélérateur était forte et inconsidérée...

Car ce n'était pas de chance.

À cet endroit il n'y avait pas de rebord en ciment ou de glissière avec des poteaux en bois. Non, juste un rebord de terre d'environ la trentaine de centimètres de hauteur.

Il avait fait office de tremplin et avait envoyé la voiture en l'air avant qu'elle ne fasse la culbute sous les yeux des passagers de la voiture.

Alors Jean cherchera.

Il épiera.

Il suivra…

La mort de chagrin de sa femme lui enfonça dans le crâne l'idée d'une nécessaire justice des hommes, avant celle de Dieu et avant celle des juges.

Il faut se venger.

Il ne se passera plus un instant sans qu'il pense à cette vengeance. Ses jours et ses nuits seront hantés par cette idée.

Qui sont les gens auteurs de ce forfait ?

Car enfin, Fanette ne peut pas être responsable de sa mort.

C'est impossible, et depuis le début il ne faits que répéter à qui veut bien l'entendre que sa petite Fanette n'a pas pu mourir sans une intervention de tiers.

Très vite, le lien lui apparaîtra évident entre la voiture de Mathieu et ses copains.

En discutant çà et là il lui sera confié que les 4 amis d'enfance avaient une vie dissolue dans leur jeunesse… Trop d'alcool, trop de fête, trop d'insouciance, trop de lignes blanches de l'honnêteté franchies.

Alors il grattera autour de ces jeunes.

Le conducteur sera plus particulièrement visé, car si tous avaient à se reprocher de ne pas avoir été clairs et honnêtes en assumant leur faute, il est certain que celui qui tenait le volant avait la plus grande part de responsabilité. Il devait subir le châtiment le plus dur ! Et ce sera le plus horrible.

Jean apprit même que Mathieu, le propriétaire du véhicule disant qu'il avait déjà trop bu, demanda à Kévin de conduire. Et c'est lui qui se transforma en pilote de bolide du championnat du monde des rallyes…

Jean avait su par hasard la demande d'extension d'activité de Kévin. Alors lui vint l'idée d'aller voir sur place.

Il se colla une fausse moustache, s'enfonça un chapeau jusqu'aux oreilles, passa des gants pour que l'on ne puisse remarquer ses mains et son alliance, et vint une première fois soit disant missionné par les services sanitaires.

Il avait pu se rendre compte de l'état alcoolique avancé du gars.

Il avait repéré les lieux et la fosse à lisier lui avait donné l'idée qu'il mettra en application sans tarder dès le surlendemain.

Mort au tueur !

La disparition du propriétaire du véhicule devait aussi être très violente, car il avait été présent, n'avait rien dit, voire fait une fausse déclaration, mais en plus il avait réparé sa voiture pour éliminer toutes traces du forfait.

Alors Jean se renseignera sur son travail.

Il observera la scierie.

Il cherchera comment entrer sans se faire voir du patron qu'il connaissait car ils avaient dans le temps été l'un joueur de foot et l'autre entraineur de l'équipe du FC Saint Georges.

Alors il venait de temps en temps pour chercher de la sciure et des copeaux pour sa chaufferie. Il avait eu le temps de se mettre en tête les lieux.

Et lors d'une de ses visites, il apprend que le lendemain, le chantier va être différent des autres jours.

Le patron ne sera pas là.

Deux des gars seront à l'écorçage au fond du terrain et l'autre Mathieu sera au découpage dans le bâtiment près de l'entrée et des stocks de planches.

L'occasion est trop belle.

Il fonce à l'armurerie de la route de Feurs à Boën. Il acquiert une fronde de chasse. Il s'entraine le soir même.

Il dessine une cible sur une planche et s'exerce en mesurant la précision de chaque tir. Il utilisera pierre, galet ardoise, cavalier métallique, bille d'acier…

Le meilleur sera celui de la fronde avec le cavalier.

Le soir il va monter le vélo pliant de sa fille dans son coffre. Fanette aimait tant faire des petits tours en campagne sur cette bicyclette. Ce serait l'une des armes du meurtre de Mathieu, voilà tout.

Le lendemain après l'embauche des ouvriers, il arrive en voiture et se gare sur la route en direction de Sauvain. Il sort le vélo, le déplie et il part tranquillement vers l'entrée de l'usine.

Il peut se glisser sans bruit et sans être vu jusqu'au dépôt de planches coupées. De là, il peut observer et trouver le moment propice pour attenter à la vie de l'ouvrier.

Mort au maquilleur !

Il apprendra également le projet de retraite religieuse de Jean Pierre…

Il pourra s'inscrire à Notre Dame de l'Ermitage aux mêmes dates. Il restera sur place en retraite religieuse jusqu'au bout, bien après la mort de celui qu'il pistait. C'est comme cela qu'il avoue aux gendarmes le meurtre au belvédère.

Facile.

Tranquille.

Et d'une certaine manière un peu jouissif sur les bords…

Mort au faible !

Le lieutenant, le juteux et Lolita sont là pour enregistrer ses propos.

La froideur avec laquelle il expose les faits les trouble et pourtant ils en ont déjà vu des sévères dans leur travail.

Mais là, ils se rendent compte combien l'idée de vengeance tenait Jean aux tripes et à quel point il en avait fait sa mission sur terre maintenant que ses femmes chéries étaient parties.

Jean continue ses aveux.

Il trouvera monstrueux que ces hommes, responsables de la mort de sa fille, aient vécu tout ce temps comme si de rien n'était...

Ils n'avaient jamais manifesté le moindre regret, même pas un remord ne les avait tenaillé.

Il fallait les punir...

Alors vous connaissez la suite... Encore que le meurtre d'Alain n'a pas été expliqué.

Il revient sur ce sujet.

Oui il restait Alain, le gars Pierrefeux. Et pour lui, il voulait se venger en cherchant une faiblesse. Il va l'observer. Il va se renseigner sur sa vie, ses loisirs, sa famille, et sur son passé.

Il apprendra d'ailleurs au passage que le gars Alain éprouvait un doux sentiment pour Fanette, mais Jojo avait déjà pris la place...

Alors Alain colportait des idées farfelues sur Jojo et son amoureuse, réflexions désagréables venues à l'oreille des parents Coupeau.

Mais tant que le type alimentait les racontars on pouvait laisser tomber.

Quand Jean apprit plus tard que le gars avait été présent lors du meurtre de Fanette, il se fixa comme objectif de le faire disparaître.

Car enfin non seulement il y avait non-assistance à personne en danger, mais il y avait falsification des faits, et plus encore non dénonciation de crime.

Car pour Jean, il n'en démordait pas : l'accident de Fanette était un crime !

Il savait qu'Alain avait deux passion en plus de sa famille : la chasse et la cueillette des champignons.

La chasse est un moment où l'on peut tirer sur quelqu'un et laisser penser à une balle perdue.

Mais les battues aujourd'hui sont bigrement structurées et terriblement bien organisées. Les chasseurs ne peuvent pas être à un poste invisible d'au moins un autre collègue.

L'approche en est d'autant plus difficile. Mais surtout, Jean se demandait comment approcher la battue, avec quel moyen de locomotion, et surtout comment partir sans se faire repérer.

Alors il examina l'hypothèse d'un ramassage de champignons. Il faudra être proche du lieu du tir sans que l'homme ne s'en rende compte. Il faut donc être arrivé sur place avant et en ayant caché son véhicule au loin.

Oui mais un tir, c'est du bruit et une possible alerte pour une personne dans le bois… Et avec la voiture au loin c'est une raison de plus pour se faire prendre. Et puis pris sur le chemin avec un fusil de chasse à la main, cela laissera un indice…

Non quelle arme faut-il utiliser dans ce cas ? Une arme qui ne fait pas de bruit sur place. Il y a bien sûr la fronde, mais aussi l'arc, le lancer de couteau, le fusil sous-marin et l'arbalète.

Pour le premier moyen, dans les sous-bois c'est le meilleur moyen de rater sa cible. Le couteau c'est impossible. L'arc, Jean n'en n'a pas et en plus ne sait pas s'en servir. En plus un arc de chasse est un engin volumineux qui ne passe pas inaperçu.

L'arbalète est le mieux adapté, mais Jean n'en possède pas, et il lui faudrait une longue formation dans un club dans un premier temps. Et le plus proche est celui du tir sportif de Beaulieu Emblavez en haute Loire…

Il reste alors le fusil-harpon.

Et Jean en possédait un quand il allait en vacances dans le sud, sur la côté avec Aglaé et Fanette.

Il faisait de la chasse sous-marine.

Alors comme pour la fronde, il va s'entraîner. En sous-bois, et il enregistrera sur un vieux dictaphone son approche des cibles pour arriver à maitriser sa marche en forêt sans le moindre bruit.

Il vérifiera ainsi la distance optimum pour ne pas manquer son tir.

Il modifiera ses tendeurs pour s'assurer d'avoir les meilleures performances et donc la force la plus importante du harpon.

Il choisira une cible, et tout simplement un tronc d'une largeur équivalente à celle d'un homme de bonne corpulence.

Sur ce tronc il fera plusieurs cibles à des hauteurs différentes, un peu de la grosseur de l'organe qu'il viserait en priorité, à savoir le cœur.

Il viendra sur place avec son harpon dans une étui de fusil de chasse. Il choisira comme jours d'entrainement les jours de chasse des locaux.

Il s'entrainera. Il fera plusieurs séances, jusqu'à être parfaitement satisfait de son score sur les cibles.

Il peut mesurer ainsi la distance optimale au-delà de laquelle son tir n'est pas aussi fiable. Il faudra s'approcher lentement, très lentement, tout près, oui bien près…

Il ne lui restera qu'à attendre le jour propice.

Il apprendra un jour de sortie aux cèpes de la part de sa cible. Dans la forêt du col des Placiaux au-dessus de Jeansagnière en direction du Col de la Loge.

Il se cachera dans le dévers. Quand il entendra les bruits de pas de sa vengeance, son cœur ne fera qu'un bond...

L'adrénaline lui donnera les moyens de parvenir à ses fins.

Il le suivra.

Il le trouvera penché au bord du ruisseau.

Il n'est guère large à cet endroit. Par contre on y trouve bien souvent des champignons, des pieds de mouton poussant dans l'humidité.

Le harpon vient se ficher dans le dos de l'homme qui tombe face contre terre en hurlant.

Avant qu'il n'ait pu bouger, Jean arrache le harpon et le plante à plusieurs reprises dans le dos du jeune homme, en vrillant, arrachant, jusqu'à ce que la raison le fasse stopper.

Meurt ! Meurt !

Oui notre homme était mort depuis longtemps.

En contemplant son œuvre macabre, l'assassin revit dans un flash sa fille intubée sur son lit de mort à l'hôpital...

Une forte respiration, et le voilà reprenant pied dans l'instant présent.

Jean retourne tranquillement à sa voiture en traboulant dans les sous-bois, le fusil à la main. Il le glissera dans son étui à carabine pour rentrer à son domicile.

Comment être tranquille dans un instant pareil ?

« *Seule la vengeance poussée au paroxysme fut capable de me faire dépasser l'émotion* » avoue-t-il aux gendarmes.

Tout comme il indique que son fusil-harpon avait été lavé à l'eau de javel puis mis en vente sur le Bon Coin !

Et il avait trouvé preneur !

Alors mort au vilain canard !

Et toujours spontanément, il avoue enfin :

« *Oui, je dois aussi vous dire que c'est moi l'auteur de la lettre anonyme à la mairesse de Saint Georges* ».

« *Pourquoi ?* ».

« *Simplement, je constatais comme tout le monde que les enquêtes étaient au point mort, voire abandonnées pour certaines* ».

« *Alors j'ai voulu faire un pied de nez à la justice. En dénonçant Jojo et Aubin, j'étais certain qu'il ne pouvait rien leur arriver. Car à la moindre recherche des gendarmes, à la moindre question, les deux jeunes allaient de suite donner un alibi indiscutable* ».

« *Lequel ?* » demande le gendarme.

« *Vous savez bien puisque vous avez cherché* ». Et Jean poursuit.

« *Nous étions tous les trois ce matin là à Andrézieux. J'avais emmené les deux gars pour que Jojo aille choisir une voiture au garage Citroën. Aubin étant fin mécano, il nous accompagnait. Et d'ailleurs une affaire avait été conclue sur un véhicule d'occasion* ».

« *Dans la foulée nous étions allé au grand magasin de bricolage car je cherchais de quoi changer mon tuyau de douche. Et j'avais gardé bien entendu mon ticket de caisse au cas où.* ».

Il fait une pause et termine :

« *Ce satané procureur sûr de ses certitudes méritait un coup en vache. Tout comme le juge trop mollasson à mon goût* ».

« *C'est exact nous avions en effet vérifié la chose. Mais vous rendez-vous compte du risque que vous leur faisiez courir ?* » dit Lolita.

Elle ne reçut qu'un simple mouvement d'épaules…

« *Monsieur Coupeau, vous vous rendez-compte que vous êtes ni plus ni moins qu'un tueur en série !* ».

« *Non madame la gendarme. Non pas tueur en série. Par contre je suis bien un vengeur, un homme qui veut à tout jamais que l'on reconnaisse que sa petite fille adorée a été massacrée par des voyous. Oui madame, car c'était de vulgaires voyous ces 4 là !* ».

Lolita lui demande alors qu'il en a terminé de sa confession :

« *À aucun moment vous avez pensé aux familles que vous alliez jeter dans un terrible désarroi ?* ».

Jean, en la fixant droit dans les yeux :

« *Et lui a-t-il pensé un instant à la famille de Fanette et à ses amis ? Non sinon il se serait dénoncé. Alors œil pour œil et dent pour dent !* ».

Cette réponse cinglante fit monter les larmes aux yeux de la belle gendarme…

Puis ce seront diverses questions pour éclairer des points de détail.

Le procès-verbal fut relu, signé…

Il va maintenant être déféré devant le juge Morel. Au moment de partir les gendarmes et le criminel croisent Jojo venu à la brigade.

Il apporte un sac.

« *M'sieur Coupeau, voilà ce que vous m'avez demandé et je vous jure que je n'ai parlé à personne* ».

Et Jean se tournant vers La Mouche qui le conduit à la voiture :

« Oui au dernier moment avant de sortir de la collégiale je me suis demandé qui pourrait m'aider ».

« J'ai pensé à Jojo et lui ai demandé d'aller chez moi et de rapporter ici un sac contenant ce que j'avais écrit sur un papier que je lui glissais à ce moment-là ».

« Vous pouvez vérifier : il s'agit de vêtements de rechange, de mon nécessaire de toilette et d'un livre. Oui la Bible ... ».

Un bref coup d'œil confirme les dires.

Il peut prendre sa besace.

Il en aura besoin là où la justice va le conduire...

« Monsieur le gendarme, puis-je l'embrasser ? ».

La réponse est positive.

« Merci mon fils, et dis-toi que j'ai fait tout cela pour Fanette et un peu aussi pour toi ».

« Prends soin de toi et que Dieu te garde » dis Jean avec des sanglots dans la voix et en étreignant le jeune homme.

Premier moment de faiblesse depuis que Jean est à la brigade !

La faiblesse d'un homme qui relâche sa tension avec le sentiment du devoir accompli...

Devoir accompli, mais devoir d'une telle horreur !

Ce soir-là, en rangeant les dossiers, Lolita, n'a pas le cœur à fredonner.

Quelle horreur que cette histoire et quelle émotion dans cet interrogatoire.

Tout le monde dans la brigade est d'une grande tristesse...

Et tout le monde sait combien cet homme a perpétré comme horreur, mais au fond de leur cœur, tous, hommes, femmes, n'osent s'avouer vraiment la peine qu'ils ont envers cet homme...

Oui la vengeance ne doit pas exister, mais oui aussi on peut y trouver des circonstances atténuantes.

La jeune femme glissera simplement à son collègue La Mouche :

« *Au pays des épilobes, aujourd'hui on a eu épilogue et requiem...* ».

Le lieutenant au même instant ne peut s'empêcher de murmurer :

« *Homo homini lupus ...*».

Oui l'homme est un loup pour l'homme.

Le temps efface le temps

Dans le Forez, le 1ᵉʳ mai 2024

Qui se souvient aujourd'hui de ces faits divers qui ont bouleversé de nombreuses familles de la région ?

Le temps a passé.

Seules les archives des journaux peuvent nous remémorer le détail de l'affaire au jour le jour.

Car les écrits restent alors que les souvenirs évoluent et se transforment dans la mémoire de chacun.

On ne retient que les moments de bonheur et ceux des plus grands malheurs.

Mais dans ce cas, ne sont gravés en mémoire que des bribes, des flashes de souvenirs.

On ne se rappelle plus toujours des lieux exacts.

Les noms ont tendances à s'effacer.

L'horreur par contre reste et même grandit plus le temps passe…

Ainsi, qui se souvient encore des divers protagonistes de ces évènements ?

Je vous demande alors de prendre le temps de garder trace en mémoire des personnages principaux, et que j'ai côtoyé directement ou indirectement durant toute cette histoire.

Il y avait :

- **Amblin René**, le bagarreur de la Chambonnie
- **Arraya Sonia**, aubergiste de Sauvain à « L'auberge des airelles »

- **Balin Thierry** dit Laurel, et son compère **Cizoux Laurent** dit Hardy, gendarmes à Saint Georges en Couzan, surnommés par la population Bizous et Câlins quand ils font équipe ....
- **Barnot Jean-Pascal**, lieutenant, gendarme de Saint Georges en Couzan
- **Bataillon François** et sa fille **Marie Cécile**
- **Blanchard Josie** dite Barbie, gendarme à Noirétable
- **Bonnin Mathieu**, le mort de la scierie de Chalmazel
- **Bony Alphonse** dit le chef, ancien commandant de la gendarmerie de Saint Georges en Couzan, et son épouse **Arlette**, tous deux partis en Haute Loire pour la retraite
- **Brideux Marc** lieutenant chef de la brigade de Noirétable
- **Bonneton Charles**, maire de Jeansagnière
- **Brillon Alfred** mort sur la route de Sail sous Couzan
- **Charbonnier Edwige** dite Lolita, gendarme à Saint Georges en Couzan, fan de la chanteuse Alizée
- **Chevalier Antoine** dit le juteux, gendarme à Saint Georges en Couzan
- **Clopin Ernest**, dit Arnest ou l'Arnest, voisin de la ferme du Trêve à Jeansagnière
- **Coupeau Maurice,** dit papy Maurice, retraité qui a laissé son exploitation agricole à son second fils
- **Coupeau Jean**, le premier fils de Maurice, sa femme **Aglaé** et leur fille **Fanette** de St Georges en Couzan
- **Coupeau André**, le second fils de Maurice, sa femme **Marie Anne** et leurs deux enfants **Mathieu** et **Karine**
- **Desloges Joan** dit Jojo, le fiancé de Fanette
- **Eymard Joseph**, curé de Saint Georges en Couzan

- **Garnier Marianne**, maire de Saint Georges en Couzan
- **Goutorbe Joannès**, retraité de Chalmazel, le plus prompt à entrer au Bar de la Soif
- **Gouttebrune Albert** dit La Craie ex-instituteur de Sauvain, habitué du Bistrot Sauvagnard
- **Gouttefangeas Amélie**, agent spécialisé des écoles maternelles, Atsem à la maternelle de Saint Georges en Couzan, amie de Fanette
- **Groux Annette**, médecin généraliste à Chalmazel
- **Hardouin Mathieu** dit Le Cheveu gendarme à Olliergues
- **Jobaire Hilaire** dit Le Trou, ex fossoyeur de Sauvain, habitué du Bistrot Sauvagnard
- **Lafeuille Gabriel** gendarme adjudant-chef à Olliergues
- **Lepont Jean**, tenancier du Bistrot Sauvagnard et sa femme **Micheline**
- **Maréchal Ernest** dit Néness et son frère **Aristide** dit Titide, retraités qui tenaient il y a une vingtaine d'années un commerce à Chalmazel, tous deux membres d'honneur du Bar de la Soif
- **Marotte Jean Pierre**, le suicidé de Notre Dame de l'Ermitage
- **Marteau Marc**, le père d'Aglaé et sa femme **Marie Cécile**
- **Merlot Antoine**, maire de Chalmazel
- **Michalon Jean René**, le procureur de la République de Saint Étienne
- **Monteil Kévin** le disparu de la ferme du Trêve à Jeansagnière
- **Morel Jean-Christian**, le juge d'instruction
- **Muzillon Albert**, le curé de Jeansagnière

- **N'Diaye Anselme**, dit le père Anselme, le curé de Sauvain natif du Congo,
- **Pardon Kévin** dit Le Bleu, gendarme à Saint Georges en Couzan
- **Pierrefeux Alain** le tué des Placiaux, sa copine **Catherine** et son petit mouflet **Michel**
- **Pouvreau Antoine** de la ferme de la Combe à Jeansagnière
- **Pradel José** dit La Lame gendarme à Olliergues
- **Révérente Mère Oksane**, supérieure de Notre Dame de l'Ermitage à Noirétable, bien loin de son Ukraine natale
- **Sigurlac Mundu** dit Monmond, le propriétaire du Bar de la Soif de Chalmazel, fils d'un émigré roumain mineur dans le bassin stéphanois
- **Sœur Délia**, à Notre Dame de l'Ermitage
- **Sœur Marie de Nazareth**, à Notre Dame de l'Ermitage
- **Sœur Michaella**, à Notre Dame de l'Ermitage
- **Sorlin Aubin** le copain de Jojo
- **Tarin Hector** dit Le Naze, ex cantonnier de Sauvain ayant loué une table à vie au Bistrot Sauvagnard
- **Terrade Julien** dit La Mouche, gendarme à Saint Georges en Couzan
- **Tran Duc Lao**, dit le père Lao, curé de Chalmazel natif du Vietnam
- **Tripon Michel**, maire de Sauvain
- **Véricel Éliane**, dite Nénette l'épicière de Chalmazel

Toute ressemblance avec des faits, des entreprises et des personnages existants ou ayant existé serait purement fortuite et ne pourrait être que le fruit d'une pure coïncidence.

Gaston Leroux a écrit que les coïncidences sont les pires ennemies de la vérité. Alors, est-ce le hasard qui guide les choses ? Je ne le pense pas.

Même si l'on dit que la providence est le nom de baptême du hasard, je reste convaincu que le hasard n'existe pas…

Et peut-être que Jérôme Touzalin a formulé la bonne explication : « *il n'y a pas de hasard, il n'y a que des rendez-vous que l'on ne sait pas lire…* ».

Revenge est malum, quod et poenas

La vengeance est un mal dont on sera puni

De page en page au fil des temps

Non le temps ne fait rien à l'affaire...
Georges Brassens

Parmi les parutions de l'auteur

Aux éditions BoD

Le disparu de Chorsin : *Fais divers en Forez, roman policier*

La Rose sauvagnarde : *Faits divers en Forez, roman policier*

Epilobes et requiem : *Fais divers en Forez, roman policier*

Le Malin n'aime pas les grenouilles : *roman policier*

Aux éditions du Net

Des grémillons pour les canards : *Roman historique dans la tourmente des guerres de Vendée*

Rien ne se perd : *Dossier historique : la Vendée en 1794, un crime contre l'humanité ?*

Plus fort que ses bourreaux : *Enfin la vérité sur une mort à Mauthausen*

Je suis mort il y a 10 ans : *Ma terrible expérience personnelle*

Balades angevines : *Documentaire sur les sites à visiter en Anjou*

L'Anjou à Table : *Livre de recettes anciennes locales*